海涅
站在哲學路上的詩人

林郁 主編

U0084606

前言

　　海因里希・海涅（德語：Heinrich Heine，1797 年 12 月 13 日～1856 年 2 月 17 日），出生時以哈利・海涅——Harry Heine的名字為暱稱，他是十九世紀最重要的德國詩人和新聞工作者之一。海涅既是浪漫主義詩人，也是浪漫主義的超越者。他使日常語言詩意化，將報刊上的文藝專欄和遊記提升為一種藝術形式，賦予了德語一種罕為人知的風格上的輕鬆與優雅。作為批評家、熱心於政治的新聞工作者、隨筆作家、諷刺性雜文作家、論戰者，他既受喜愛，又遭懼怕。他是作品被翻譯得最多的德國詩人中的一員。

　　哈利是布商薩姆遜・海涅和他的妻子貝蒂（本名佩拉）的四個孩子中最大的一個。他成長於一個逐漸與社會融合的、受啟蒙思想影響的猶太家庭，在受到晚期啟蒙運動思想影響的杜塞道夫中學接受教育。上中學時，海涅就寫下了他的第一批詩歌。1814 年，他未獲畢業證書就離開了中學。根據家族的傳統，他要到一所商業學校，為從事商人一職做準備。

　　1815 年到 1816 年，海涅首先在法蘭克福的銀行家林

茲考普夫那裡實習，後來又到他富有的叔叔所羅門‧海涅的位於漢堡的銀行工作。所羅門跟兄弟薩姆遜相反，在生意方面非常成功，他收留了侄子。海涅一直受到叔叔的經濟資助，直到叔叔 1845 年去世，儘管後者不怎麼理解他對文學的興趣。他叔叔的「名言」流傳了下來：「假如他能學點正經東西，他就不用寫書了。」

　　因為海涅對財務往來既沒有興趣又沒有天賦，最後，他的叔叔為他開了一家布店。但是「哈利公司」很快就不得不登記破產了。這位店主在那時就已經把生意拋一邊而去經營他的詩藝了。哈利對堂姐愛瑪莉的徒勞的愛情也沒能使家庭更和睦。後來他在《歌集》中將這段未獲回報的衷情加工成了浪漫主義的情詩。他在詩歌《Affrontenburg》中描述了叔叔家中壓抑的氣氛，置身其中，他感到自己越來越不受歡迎。也許正是家庭不和使得所羅門‧海涅決定遷就侄子的願望，讓他遠離漢堡，去上大學。

　　儘管海涅對法學沒有特別的興趣，1819 年他還是開始了法學的學習。起先，他在波恩註冊，在那裡，奧古斯

特‧威廉‧施萊格爾是他的老師之一。

　　1820 年的冬季學期，他來到哥廷根大學，在那裡，他參加了一個學生組織。然而，僅僅在 1821 年 1 月，他就被迫離開了學校和這個組織。起因是一場決鬥。那時極力想隱瞞自己出身的海涅，因為身為猶太人而被一個同學侮辱，他向此人要求決鬥。學校為此開除他一學期的學籍，也正為此，學生組織因為他的「不良行為」而開除了他。其實海涅確實去過妓院，但是這在當時的學生中間是相當普遍的。因此，一些傳記作家認為這樣的理由不過是藉口，用來掩蓋真實的反猶太主義的動機。

　　這次事件後，海涅去了柏林。1821 年至 1823 年，他在柏林學習，聽過黑格爾講課。不久，他接觸到了城裡的文人圈子，成了列文和馮‧恩瑟沙龍的常客。1822 年，他從柏林出發，到波蘭中西部城市波茲南旅遊。在那裡，他第一次遇見了進行愛與慈善運動的猶太人。一方面，他受到了他們的吸引，一方面，他又無法同他們一樣。在他皈依基督教的兩年前，他寫道：「我也沒有勇氣留著鬍子，讓人用猶太德語在後面叫我。」

　　海涅 1821 年就已經在柏林出版了第一批詩歌。接著，在 1823 年出版了一些悲劇，包括一部抒情插曲。1824 年出版了 39 首詩歌的合集，其中有海涅在德國最膾炙人口的作品《羅蕾萊》。同年，在哈爾茨山旅行期間，他到魏瑪拜訪了他極為敬仰的大文豪歌德。兩年前，他就把第一部詩

集題詞寄給過這位樞密顧問。但這次訪問令海涅相當失望，因為他自己——與他的稟性相反——表現得既拘謹又笨拙，而歌德只是禮貌性質、帶有距離地接待了他。

1826 年海涅出版了他的哈茨山旅行見聞。同年他開始了和漢堡的霍夫曼和坎普出版社的良好合作關係。尤利烏斯‧坎普應該一直是海涅的出版商，直到海涅去世為止。1827 年 10 月，他出版了詩集《歌集》，這部作品奠定了海涅的聲譽，它直到現在仍受到喜愛。這些和以後的一些詩歌——它們被多次配上曲調，如在舒曼的歌曲集《詩人之愛》中——的浪漫的、常帶有民歌風情的風格，不僅僅打動了當時讀者的心。那些詩歌，如《美麗的五月》，《一個少年愛一個少女》，撥動著海涅同時代人和以後緊扣著整個歐洲以及東西方讀者的心弦。

但是海涅很快超越了浪漫主義風格。他用諷刺性的手段破壞它，也將浪漫主義詩歌的藝術特徵運用於有政治內容的詩歌。他把自己稱為一個「逃跑的浪漫主義者」。

1827 年到 1828 年之間，海涅到英國和義大利旅行時才第一次見到大海。他在後來的發表於 1826 到 1831 年間的遊記中描述了他的印象。這一時期的作品有：《北海集》、《盧卡浴場》和《思想‧勒格朗集》，後一本書表達了對拿破崙和法國大革命的成就的擁護。在此期間，人們逐漸認識到海涅是一個偉大的文學天才。從此以後，海涅的名聲也就開始在德國和全歐洲傳開來了。

CONTENTS

首部曲

海涅詩選

在親切的夜之懷抱裡，
我寂寞地傾訴我的憂傷。
我要逃避快樂的人們，
畏怯地躲開歡笑的地方。

我的眼淚寂寞地長流，
靜靜地流著，流個不停；
可是任河眼淚都不能
熄滅我心中的相思熱情。
—— 小曲2

　　　　　　　我的煩惱的美麗的搖籃，
　　　　　　　我的安息的美麗的墓碑，
　　　　　　美麗的城市，我們要分別了，
　　　　　　　我要向你告別，再會！
　　　　　　　　　　　　—— 小曲11

我弄得坐立不安！
稍待，我就要和她相逢，
看到她，美女中的美女——
可愛的心啊，幹嘛這樣跳動！

時間卻是一個懶惰的傢伙！
慢吞吞地優哉遊哉，
走路時，打著呵欠；
懶惰的傢伙，請你趕快啊！

我弄得急不可耐！
可是時間女神不懂得愛情；
秘密地發著恐怖的誓約，
她惡意地嘲笑情人的急性。
—— 小曲6

在星辰照耀的上空，
那兒一定有下界沒有的歡喜；
在死神冰冷的懷裡，
人生才可以得到溫暖，
黑夜才會透出晨曦。

小曲15

我要用金箔、薔薇和柏枝，
把這本書裝飾得可愛而美麗，
把它裝飾得像一口棺材，
然後把我的詩歌放在裡面掩埋。

啊，但願我也能把愛情殉葬！
在愛情的墓畔有安息草生長，
它開出了花被人們摘下，
可是要等我身入墓中，它才為我開花。
—— 小曲16

他要用自己的血液，
洗去他的愛人的污點；
他要用自己的天堂永福，
補贖他的愛人的罪愆。

他最喜歡和愛人，
一起躺在棺材裡。
緊靠著冰冷的愛人；
死神會把一切化為純潔。
—— 羅曼采羅〈受傷的騎士〉

我不分晝夜運用詩思，
可是寫不出一句歌詞。
我飄游於和聲之中，
可是一篇也沒有成功。
——小曲24

我曾很久佔有你的心房，
你已把它完全淡忘，
你那甜蜜、虛偽而狹隘的心，
比它更甜蜜而虛偽的真是難尋。

你把那愛情和煩惱遺忘，
它們曾一同折磨過我的心房。
我不知道，愛比苦是否更深？
我只知道，這兩者都深得駭人！
——抒情插曲22

朋友，惡魔的凶相，你要當心，
可是，溫柔的天使的面孔更兇狠。
這樣的面孔曾要我甜蜜地親吻，
等我走近它，卻感到利爪無情。

朋友，你對老黑貓也要當心，
可是，那些小白貓更加兇狠；
我曾把一隻小白貓當作心上人，
我的心上人，卻抓碎了我的心。

啊，非常甜蜜的姑娘，甜蜜的容貌；
你的明亮的眼睛怎會欺騙我，
小手爪怎麼會把我的心抓破！

啊，我的小貓的極其嬌嫩的手爪，
我的火熱的嘴唇能跟你親一親，
我情願讓我心裡的熱血流盡。
——十四行詩贈克莉斯蒂安・S7

小花兒如果知道，
我心裡傷痛多深，
它將要伴我流淚，
來醫治我的愁悶。

夜鶯兒如果知道，
我如何多病多愁，
它將為我快樂地，
唱起慰人的清歌。

金色的小小星兒，
若知道我的傷悲，
它會從天上下來，
對著我好言相慰。

它們都茫然不知，
只一位知我愁悶，
就是那親手扯碎，
扯碎我心的伊人。
——抒情曲23

愛人啊，假如你在墓中，
躺在那陰暗的墓中，
我要下去到你那兒，
我要向你委身相從。

我吻你，抱你，狂擁著你，
你這靜寂，冰冷，蒼白之身。
我歡呼，我顫抖，我狂哭，
我自己也變成了死人。

死屍們站起，午夜在呼喚，
他們飄然結隊起舞。
我躺在你懷抱之中，
我們倆依然在墓中共處。

死屍們站起，在審判之日，
他們呼喊著苦痛和歡喜。
我們倆並無什麼憂煩，
依然擁抱著躺在一起。
　　　　　——抒情插曲34

在你的面頰上，
是炎炎的夏天，
在你的心兒裡，
是冰冷的冬天。

我最愛的人兒，
這些都要改變。
你臉上將是冬天，
你心裡將是夏天。
　　——抒情插曲54

兩人互相分離，
總要握手借別，
開始哭泣流淚，
然後不住歎息。

我們沒有哭泣，
沒有唉聲歎氣，
直到分別以後，
才流淚而歎息。
　　——抒情插曲55

當我在早晨的時光
走過你的門前，
看見你倚在窗邊，
姑娘啊，我是多麼欣然。

你用棕黑色的眼珠
凝視著我，若有所問：
「你是誰，你患什麼病症？
你這位不相識的病人！」

我是一位德國詩人，
在德國人人皆知。
若提起最傑出的詩人，
我的名字也有一份。

我患的病症，姑娘啊，
也和許多德國人相同。
若提起最悲慘的病痛，
我的病痛也在其中。
——還鄉曲15

我要把我一切的苦痛，
灌入一句單獨的話語。
我把它交給了輕風，
讓輕風載它而去。

這滿藏苦痛的話語，
被輕風帶到你的身旁，
不論是何時何地，
總在你的耳邊喧嚷。

等到你夜來安寢，
剛要閉上你的眼睛，
我的話語就要跟隨你，
直入深深的夢境。
——還鄉曲64

我要是克制了邪惡的欲念，
那真是一件崇高的事情。
可是我要是克制不了，
我還有一些無比的歡欣。
——還鄉曲86

誰要是初上情場，
即使失利，還算神人，
可是他如果二次上陣，
依然失鋒，那就是愚人。

我就是這樣一個愚人，
我又進行得毫無成績，
太陽，月亮和星辰大笑，
我也跟著大笑——就此完結。
　　　　　——還鄉曲66

死亡是嚴寒的黑夜，
生命是悶熱的白天。
天黑了，我進入睡鄉，
白天使我很疲憊。

一棵樹長到我墳墓上面，
年輕的夜鶯在枝頭歌唱；
它歌唱純潔的愛情，
在夢中我也聽得見。
　　　　　——還鄉曲99

我愛一枝花，不知是哪枝，
真使我傷心。
我向所有的花萼裡觀看，
尋找一顆心。

花兒在夕陽下吐香，
夜鶯在歌唱。
我我尋一顆心，像我一樣美，
一樣的動盪。

夜鶯在輕鳴，我懂得它那
甜蜜的歌唱。
我們倆是這樣憂傷而苦悶，
苦悶而憂傷。
——新春曲4

一陣悅耳的聲音，
輕輕地掠過我的心房。
響吧，小小的春天之歌，
請你傳響到遠方。

一直傳響到那處人家，
那裡開放著繁花。
你如果看到一株薔薇，
就說我托你問候她。
—— 新春曲6

那溫暖的春夜，
催得百花全部開放。
我的心一不留意，
又要墮入情網。

是哪一種花兒，
會迷住我的心？
那歌唱的夜鶯警告我，
叫我對百合要十分留心。
—— 新春曲10

唉！我想念著眼淚，
酸辛的愛情的眼淚，
我擔心：這種想念，
總要有實現的機會。

唉！愛情的悲中之樂，
　愛情的樂中之悲，
又潛入我久病的胸中，
　弄得我神傷心碎。
　　　——新春曲12

你用碧藍的眼睛，
親切地給我青睞，
我好像做夢一樣。
不能夠說出話來。

我到處總要想著，
你那碧藍的慧眼，
碧藍的相思之海，
在我的心頭氾濫。
　　——新春曲18

你為何在春夜裡彷徨？
你把花兒逼得發狂，
紫羅蘭花心驚膽顫！
薔薇的臉窘得通紅，
百合蒼白得如同死的容顏，
它們悲歎，瑟縮，訥訥難言！

啊，親愛的月亮，
花兒確是十分善良！
你說得對，都是我的罪行！
可是當我陶醉在灼熱的愛情裡，
和天空的星細訴隱衷之時，
我怎知道它們沒在一旁竊聽？
—— 新春曲17

纖弱的睡蓮花兒，
從湖中茫然探首仰視，
月兒在空中向她招呼，
露出淡淡的失戀樣子。

她羞愧地又把她的頭
沉入到湖波之中——
她看到：在她的腳邊
映著月兒的憔悴的面容。
——新春曲15

我在花間散步，
我的心花跟著開放，
我像夢遊一樣，
一步一步踉踉蹌蹌。

愛人啊，扶好我！
否則，我會像醉漢一樣，
跌倒在你的身旁，
園中的遊客熙熙攘攘。
——新春曲22

你寫的那封信，
一點也不使我心傷。
你說不願再愛我，
而你的信卻很長。

十二頁，秀麗而緊密，
真是玲瓏纖細的手跡！
誰會寫得這樣詳細，
是來和她的友人訣別？
—— 新春曲34

我的小船張著黑帆，
　航過風浪的大海，
你知道我多麼憂傷，
　還苦苦地將我迫害。

你的心兒不忠不貞，
　像輕風飄去飄來，
我的小船張著黑帆，
　航過風浪的大海。
　　　　—— 賽拉芬12

你行事多麼可恥，
我從不告訴別人，
我坐船來到海上，
向魚兒細說分明。

我只讓陸地之上，
保留著你的美名；
至於整個的海洋，
要傳遍你的醜行。
——賽拉芬13

陽光中閃爍的大海，
宛如一大片黃金。
弟兄們，我死之後，
請把我沉入波心。

我總是喜愛大海，
我們的友誼很深，
它常常用它的柔波，
來安慰我的憂心。
——賽拉芬16

即使美酒療癒了你的乾渴，
也不要叫我離去：
再讓我留用一季，
那我也心滿意足。

你不願再做我的愛人，
那麼就做我的女友。
戀愛的關係一經結束，
就是友誼開始的時候。
—— 昂熱利克9

　　　　　　　你憑著你的魔力，
　　　　　　把我從墓中呼叫出，
　　　　　燃起我的情慾之火 ——
　　　　現在你無法把這慾火撲滅。

　　　　把你的嘴緊貼在我的嘴上，
　　　　　人類的呼吸高貴無邊，
　　　　　　我要吸盡你的靈魂，
　　　　　　死人都是貪得無展。
　　　　　　　　　—— 海倫

我們站在街角上，
站立了一個小時，
我們充滿蜜意柔情，
立下了山盟海誓。

我們說了千遍萬遍，
說我們彼此恩愛，
我們站在街角上，
老站在那兒不肯離開。

那位機會的女神，
像侍女一樣活潑窈窕，
經過此處看到我們站著，
含著微笑走遠去了。

—— 奧爾唐絲2

你對我微笑，已經太遲了！
你對我歎息，已經太遲了！
從前被你忍心拒絕的戀情，
　　　現在早已消逝了。

等到你愛我已經太遲了！
　你那熱烈的脈脈秋波，
　　射進了我的心中，
　就像太陽照進了墳墓。

我只願知道：我們死後，
我們的靈魂將歸返何處？
熄滅了的火焰究在何處？
吹散了的風兒又在何處？
　　　　　——奧爾唐絲5

要是一個女人對你負心，
趕快去另找對象；
最好是離開這座城市——
背著行囊出外流浪！

不久你就會發現一片藍色大湖，
湖邊遍植絲絲垂柳。
你可以大哭一陣子，
發洩你渺小的悲痛和那狹隘的閒愁。

要是你登上險峻的高山，
你將要發出深長的歎聲，
可是你要是抵達那巍峨的山頂，
你會聽到老鷹的叫聲。

在那兒你自己會變成一隻老鷹，
你此身宛如獲得再造，
你會覺得你自由，你會覺察到：
你在下界並沒有損失多少。
　　——流浪

當然，我是不信的多嘛，
我並不相信天國，
我不信羅馬和耶路撒冷的──
教義中允諾的天國。

可是我卻決不懷疑，
那些天使的存在，
那潔白無瑕的天姿，
就在這世界上徘徊。

可是，夫人說她們有翅膀。
這一點我可要否認；
沒有翅膀的天使倒有，
我曾親眼目睹其人。

她們用雪白的素手，
她們用美麗的眼睛，
保護著一切人類，
除去他們的不幸。

她們的慈愛深思，
安慰所有的世人，
尤其是那種痛苦加倍；
被人稱為詩人的人。

──天使

花兒容易受到踐踏，
很多在蹂躪之下枯萎；
不論是柔弱和剛強的花兒，
人們走過時都會把它踏碎。

珍珠藏在大海的寶箱裡，
可是也會被人找到；
將它穿個孔兒扣好，
用一根絲繩兒扣牢。

星兒卻很聰明，
它適當地遠避開了人寰；
像世界明燈高懸太空，
星兒永遠是十分安全。

——聰明的星星

PART1

第一部

人與人生

第一節

人生與幸福

當幸福從身旁經過時，
要立刻伸手抓住。
奉勸你小屋要建在山谷，
千萬不要蓋在山頂上。

——羅曼采羅的題詩

放棄一切武器，或畢生持續戰鬥？那是個人自由。
而我是選擇後者，這並不是輕率就決定；
我也曾經手執武器，
卻遭遇被視為異端而被排斥的侮辱。
對於自己的出身，我很自負，
今日如此選擇，是不得已的！
所以，人生必須走的路，在搖籃中就已決定了。

——贈法隆·哈肯·佛·恩塞

生存的感覺是既甜蜜也痛苦，
社會的一切事情都充滿喜悅和煩惱；
為了人類的幸福，我願意為人類的罪刑贖罪。
——從幕尼黑到熱那亞之旅

幸福可說是輕浮的娼婦，
不願長久待在一個地方。
摸著你額上的髮絲，
快速輕吻你之後，便輕巧離開。

不幸是一個端莊的夫人。
它會將你緊緊抱在胸前，
邊說邊慢慢地……
坐在你的床邊織毛衣。
——羅曼采羅的題詩

哦！從一切的快樂和歡喜，
所得到的盡是痛苦和嫌惡；
不只是硬吞下這苦汁而已，
也被臭蟲嚙食得難受極了。
——追憶

當幸福從身旁經過時，

要立刻伸手抓住。
奉勸你小屋要建在山谷，
千萬不要蓋在山頂上。

——羅曼采羅的題詩

我並不善良，但也非邪惡，
我並非傻瓜，但也不聰明，
因此昨日前進，今日必須後退。

——新亞歷山大

昨天的事已過，就遺忘它吧！
明天的事尚未到來，就不用去想它！

——追憶

我們的幸運之星，
就在自己內心。

——追憶

人生本為悲慘和滑稽，
人必須將兩者結合，才能忍受漫長的人生；
命運是嚴肅的，關於這點，詩人知道。
阿里斯托芬（古希臘喜劇作家），
將人類瘋狂且可怕的姿態，映在會笑的鏡子上。

——勒克朗之書

那一團不斷湧現的灰色雲朵，
是從歡樂之海爬升。
幸福的泥醉是昨天的事，
現在等著接受懲罪。
哦！美酒已變成苦艾，
像貓般地掙扎，像狗般地滾動，
多麼沁心的痛苦，像心和胃被撕裂的痛苦。
——宿醉

不合理、令人討厭的生存，給予我們的並非幸福，
而是熱情的痙攣和沒有修養的逸樂。
——受難之花

哦！當詩人在痛苦中，高叫著「人生等於一種病，全
世界如同醫院」時，那絕非誇張。「同時，那就是我們的
醫生——放屁」哦！
——盧加鎮

我們的幸運之星，

就在自己內心。

——追憶

在這個地上喝了喜悅之酒的人，

到天上就會嘗到宿醉的滋味。

——構想與警句

很想哭，

但我卻哭不出來。

很想昂然地抬頭挺胸，

但我也做不來。

只有爬在地上，

被那些微不足道的人瞧不起和嘲笑。

——贈給基督徒 S 的壁畫短詩

不要讓我做任何事了，

哦！我想單獨生存！

——《沙龍》第一卷序文

死——是涼快的夜晚。

生——是酷熱的白天。

——歸鄉 87

夜晚的神秘和白天的暴露，都有現實性。

──佛羅倫斯夜話

胸襟如海洋般寬濶，

雖也有漲潮退潮，偶爾也有暴風雨，

但在海洋底下，有各種美麗的珍珠隱藏。

──歸鄉 8

我愛海，簡直像愛自己靈魂般，

經常覺得──海就是我本身的靈魂。

同時，海底下有許多不為人知的植物，在開花的那一剎那間浮上水面，在凋謝時，又浮回海底──正因為如此，從我的靈魂深處，會有奇怪而美麗的花朵，芳香、閃亮，但又消失……

──北海第三部

死——是涼快的夜晚。

生———是酷熱的白天。

——歸鄉 87

　　在孩提時代，我腦子裡充滿魔法故事和各種奇譚。頭上戴著鴕鳥羽毛的美女，任何人都會以為是妖精之女王，我也不例外，但當發覺她的裙襬是潮溼的時候，我又會以為這女人是水妖。

　　等到我學了博物學後，現在我知道象徵性的羽毛，是取自最笨的鳥，女人的裙襬是因自然而潮溼，認知到這一點，想法完全改觀了。

——哈次之旅

只要用少許幾句話，我們彼此就能溝通。

——寫給卡爾·馬克思

你們並沒有真正了解我，
我也沒有真正了解你們。
只是當我們處在沼澤時，
卻彼此立刻能互相理解。

——歸鄉 78

明天來決鬥吧！
但今天我衷心地向妳吻別……
——柏林書簡

　　美德及自由，甚至愛本身都是極為認真和嚴肅。雖是
如此，玩笑與認真、罪惡與神聖、灼熱與寒冷，都會讓人
難以判斷，人的內心也存在各種奇怪的結合。
——盧加鎮

不管多麼開放的人的心中，
也居住著古老的迷信，且無法趕走它。
——路迪茲亞

第二節

人類與生活

　　想起來人類最悲慘的錯誤，就是將別人滿懷高興贈予的禮物，愚蠢地看輕其價值；把自己得不到的金銀珠寶，視為畢生最珍貴的東西。

　　人類將在大地的懷抱中緊擁著的寶藏，和隱藏在深海中的珍珠視為無上的珍寶，如果將小石頭或貝類放在人們的腳邊，人們大概不屑一顧吧！

——《詩歌集》第二版序文

　　所有的人都是猶太人或希臘人。人類本能地會去喜愛那種禁慾式的抽象概念及精神生活，或許是開朗的過生活，誇耀成長的喜悅；或以現實面去思考人類現狀。

——魯德溫・斐納備忘錄

除了命運塗在我們身上的色彩外，
我們還想以另一種色彩出現在他人面前。

——告白

物質上的王者，
往往在想像之上，
並且也是精神之王的支柱。

——《唐吉訶德》序文

人就是人，
當聽到別人奉承自己時，心裡會高興，
且不自覺地會較關心拍馬屁的人。

——路迪茲亞

懦弱的人，
想要和敵人和平共處，
因此會和真正的朋友發生感情糾紛。

——法國的狀態

在本身尚未成為廢物之前，

沒有人願意去理解廢墟。

———構想與警句

社會如同共和國般，如果個人想表現才華，嶄露頭角，就會遭他人嘲笑及誹謗，因而不敢太鋒芒畢露；所以任何人最好平凡生存著，不要比他人更有才華、更有美德才好。

———《唐吉訶德》序文

想要看屈服於虛構偶像的人，請看波蘭的農民，站在貴族主人面前的情形，就可以了解。你可以看到在這裡只缺向主人搖尾乞憐的狗而已。至此，我情不自禁地想起「神按照相似的姿態製造出人類」這句話。

———論波蘭

如果猴子會講話，那人類可能就是退化而成的猴子，或許有人曾如此主張；根據荷蘭人的說法，墮落的荷蘭語就是德語，因此人類就是墮落的猴子。

　　猴子不會講話，我並不是盲目地如此相信，我假設如果猴子會講話，情形會變成如何。塞內加爾的黑人們一直頑強主張，猴子和我們一樣都是人，甚至比人更聰明，因為不喜歡被勞役，所以不願開口講話，成為人類的一群。

　　猴子表演才藝，是因為不願受到地方權力者榨取，不願對其卑躬屈膝，這完全是猴子的策略，它們在暗笑著，人類永遠是被榨取者。

　　　　　　　　　　　　　　　　　　——追憶

　　一隻和人類一起玩、一起吃飯，會聽人話，訓練有素的母猴，有一天吃飯時，看到放在盤子上的烤肉，竟是自己親生骨肉時，立刻伸手抓了烤肉，逃進森林中，再也不出現在自己視為朋友的人類面前。這個故事，應該可以給人類一些省思。

　　　　　　　　　　　　　　　　——佛羅倫斯夜話

人就是人，

當聽到別人奉承自己時，心裡會高興，
且不自覺地會較關心拍馬屁的人。

———路迪茲亞

社會上所有的人，
都是金錢的俘虜。
毫無止境地你爭我奪，
每個人簡直都是小偷。
所有人的遺產，
都將成為別人的掠奪物，
有些人竟然不知恥地主張，
那是他的所有權及私有財產。

———亞達・特洛爾

最令人生氣的莫過於人類！
他們所謂的貴族主義，
神氣又驕傲地，瞧不起動物界。
搶丟它們的妻兒了，
將它們捆綁住，極盡虐待之能事，
最後將它們活活打死，
賣掉了皮，竟連骨頭也吃掉。
最不應該的是人類將這種壞事，
視為人類的權利而毫不慚愧！

———亞達・特洛爾

人的權利、人的權利！
是誰授權使你們能如此做？
自然　絕不會允許！
大自然絕不會如此不自然地存在著。
人的權利，到底是誰給予你們的特權？
理性　絕不會允許！
理性絕不會如此不合理！
——亞達·特洛爾

我們的格言——
藝術的目的就是藝術。
戀愛的目的就是戀愛。
生活的目的就是生活本身。
——寫給卡爾·古斯特考

如果法律能允許我有開保險箱的鑰匙，
那我就不會接受洗禮了。
——一寫給摩塞斯·莫薩

懦弱的人，

想要和敵人和平共處，
因此會和真正的朋友發生感情糾紛。

——法國的狀態

　　新的貨幣，在你的面前是哪一種命運在等著你啊！不知你將會製造多少好事與壞事；不知你會袒護哪一種罪惡，創造哪一種美德啊！你將得到多少人的喜愛與詛咒，對於逸樂、賣淫、謊言、殺人，你將提供何種援助？

　　你全身充滿罪，由於罪惡而疲勞。在亞伯拉罕的懷抱中，你的同伴大夥兒集中在一起，不知已經過多少乾淨與骯髒的手，幾個世紀中，毫無休止，漫無目標地徬徨、徘徊著；你將在亞伯拉罕的懷抱中被熔化、精鍊、鑄造成更好、更新的貨幣，或許你會被製成攪拌我曾孫最喜愛吃的稀飯用的湯匙。

——哈次之旅

哦！生活並沒有享受，
不要虛擲你的生命。
如果生命無恙的話，
就讓想射殺你的人動手吧！
——羅曼采羅的題詩

我這個人從頭到腳，都受到金錢預算的支
配，這是多麼乖戾的命運。

——寫給摩塞斯・莫薩

多麼腐敗的社會，
多麼令人灰心的社會。
如果身上沒有半毛錢時，
就像失去靈魂的軀殼。

——行竊的夫婦

萬一從天上如雨般掉下塔勒（貨幣名）時，耶路撒冷
的孩子們會很興奮地撿起這些貨幣，但我本身卻會被它們
在頭上開個洞。

——哈次之旅

我們的格言——

藝術的目的就是藝術。
戀愛的目的就是戀愛。
生活的目的就是生活本身。

——寫給卡爾・古斯特考

　　總而言之，我們都過著孤獨的精神生活，受到各種特殊的教育，也受到漫無計畫的功課壓力，使得性格分歧現象更嚴重。我們都隨意戴上精神的假面具，對於感覺、思考及研究的方式因人而異，因此就會有許多層出不窮的誤解，就算住在寬大的房間裡，不管到何處，都會有不自由的感覺；與人群無法睦相處，而有失調感。

——北海第三部

　　你是知道的，當我必須向人借錢時，會滿臉通紅。此時的我，並非屬於儀態優雅的青年。

——寫給摩塞斯・莫薩

在本身尚未成為廢物之前，
沒有人願意去理解廢墟。
　　——構想與警句

受洗證書是進入歐洲文化的入場券。
　　——構想與警句

第二部

愛與女性

第一節

愛情

更深的真理，
只能在更深的愛中才能啟開。
——英國片段

任何詛咒也無法勝過愛情的力量。
愛情本身，是屬於難解的魔術。
有一種東西，能打敗無堅不摧的愛情，
那是什麼呢？
不是火、不是水、
不是空氣、不是大地，
更不是大地裡的礦石，
答案是——時間。

——自然的精靈

愛情究竟為何？
沒有一個人能解答。

——盧加溫泉

我親吻她，並不只是甜蜜的愛情，更是對古老社會的
嘲笑，以及對社會裡黑暗偏見的發洩。

從這一瞬間起，我把自己的後半生轉化成兩團熱情的
火焰，為美麗的女性和愛情燃燒，我此時也被捲入近代法
國的狂熱，和中世紀的傭兵展開一場激烈決鬥。

——追憶

對了！這幕戲的主角，並不是羅密歐與茱麗葉兩人而
已，而是道地的戀愛本身！在這裡我們可以看到，戀愛是
反抗一切懷有敵意的團體，並征服一切，而以堅強且又年
輕的打扮登場。

——莎士比亞的女性們

更深的真理，

只能在更深的愛中才能啟開

───英國片段

海裡有珍珠，

天上有星星，

然而，我的內心有愛，

寬濶的海洋與天空一望無際，

就像是我的內心───

閃亮著的愛情，

比珍珠星星更美麗。

───在夜船中

當妳從我身旁走過時，

如果裙襬碰到我，

我的內心就有如小鹿亂撞，

急忙從妳身後追趕妳。

此時妳轉身過來，

當被妳的大眼睛注視時，

我的心撲通撲通跳得很厲害，

以致無法再追隨於妳身後。

───新春 14

用細小蘆葦草的細枝，在沙地上寫著：
「亞格尼斯　我愛妳！」
可是，壞心的海浪衝過來，
浸沒了如此甜蜜、充滿告白的文字。
當海浪退去時，文字的痕跡已完全消失。

蘆葦草啊！沙啊！海浪啊！你們如此脆弱，
散去時　卻是多麼空虛啊！
天色愈來愈暗，心愈來愈急，
我的雙手更握緊了。

從挪威最高森林拔起的樅樹，
在火熔熔的埃特納山，放進火山口中，
會造出含著火的巨大的筆，
在黑暗的天空中寫著：
「亞格尼斯　我愛妳！」

如此一來，不滅的火寫的文字，
每天晚上在天空中閃亮著。
在未來的世界所有人們都會歡呼，
為了看天空中這句文字：
「亞格尼斯　我愛妳！」
——告白

愛情究竟為何？

沒有一個人能解答。

——盧加溫泉

當我被妳碧綠色的眼睛，
和充滿愛意的眼神看著時，
我就會六神無主，
緊張地說不出話來。

妳碧綠色的眼眸，
不管在任何時空回想起來，
有如令人懷念的藍色大海，
充滿在我心裡。

——新春 18

我一直在想，那兩顆大大、令人熟悉的藍色眼眸，一直看著我的樣子。我多麼喜愛這個眼神，但這個眼神對我卻有點冷漠。

——寫給克里斯汀·塞迪

在戀愛的過程中，
我們所遇到的天神，
或許是一個化過妝的惡魔，
而惡魔有時會化妝成天使。

——追憶

第一次戀愛的人，
就算是單戀也是神。
已有二次戀愛經驗的人，
卻仍是單戀就是笨拙。

我就是屬於這種笨蛋，
在追求無法實現的愛情。
日、月、星都在嘲笑我，
讓我含著笑死去吧！
——歸鄉 63

在黑暗中偷偷接吻，
在黑暗中回報的吻，
如果心靈能因愛而燃燒，
這類吻就能充滿了快感。
——新春 28

叫我發誓，我才不要，如有親吻該有多好！
——抒情揮曲 13

在戀愛的過程中，

我們所遇到的天神，
或許是一個化過妝的惡魔，
而惡魔有時會化妝成天使。

——追憶

因為我要親吻，因此我要生存。

——亞達·特洛爾

戀愛，有如羅馬天主教，有臨時淨罪火的儀式。
所以，有人在真正掉落地獄之前，要先習慣烈焰之吻。

——追憶

也許在春天的夜晚降了霜，
柔軟的藍色花朵，
因此枯萎而死。

年輕男孩愛上年輕女孩，
在雙親尚未發覺之前，
偷偷地私奔了，
到處流浪遊蕩，
直到兩人骨瘦如柴地死去，
一直沒有得到幸福。

——悲劇

我一直抱持要戀愛，就要擁有這女人的一切這種觀念，
所以，對於禁慾的鼓吹文字，我一向是大肆抨擊。
坦白說，柏拉圖式的戀愛也有它的好處，
那就是白天仍可以夢想，夜晚也不會妨害安睡。
——寫給奧古斯特·雷華路多

　　「那麼，你經常愛上雕刻的女性或會化妝的女性？」
瑪麗小聲笑著問道。
　　「哦！不，我也曾愛過死去的女人！」馬奇西米里安
表情認真地回答。
——佛羅倫斯夜話

我們並沒有開口說，然而——
我已打開心靈用心傾聽。
在你心中默想的事情，
從嘴裡說出的話毫不知恥。
沈默才是純潔的愛之花。
在無言與雄辯之間，
是沈默和沒有絲毫隱喻，
沒有任何花果的葉子，
更無修辭家抑揚與諧音的詐術。
——受難之花

在黑暗中偷偷接吻，

在黑暗中回報的吻，
如果心靈能因愛而燃燒，
這類吻就能充滿了快感。

——新春 28

在我臥室的枕頭邊，
有一株花，呈神秘色彩，
花瓣為硫黃色摻紫色，
花朵有著野生的魅力。

那就是人們所稱的受難之花！
當神的孩子被釘於十字架上，
流出救助世界的鮮血時，
對面山頂所開的花！

屹立在墓旁　是為受難之花。
這花伏在我屍體上，好像很難過地，
默默吻著我的手、臉和眼睛，
像是個極傷心的小女孩。

——受難之花

・艾瑪小姐

第二節

女性

朋友，快躲開那生氣的惡魔嚴峻的臉！
更可怕的是其有溫柔如天使般的笑容！
——贈給克里斯汀·S 壁畫式短詩

　　　　　　　我的朋友巴魯薩克唉聲嘆氣地說：
　　　　　　　　　「女人是極為危險的動物。」
　　　　　　　　　　　我亦贊同這句話。

　　　　　　　　的確，女人是深具危險性，
　　　　　　　但必須附加說明是美麗的女人。
　　　　　精神美麗的女人比身體美麗的女人更危險。
　　　　　　　　　　　　　　——告白

說真的，不管是妙齡女郎或有夫之婦，只要男性對她
表示關懷之意，她都能馬上感覺得到。

——佛羅倫斯夜話

我不相信有天堂存在，
即使牧師講得天花亂墜。
我只相信妳的眼睛，
妳的眼神才是光亮的天堂。

我不相信有神的存在
即使牧師講得如何天花亂墜。
我只相信妳的心靈，
除此之外，並沒有神的存在。

我不相信有惡魔的存在，更不相信有地獄。
有關地獄的種種折磨也都不可信，
我只相信妳的眼睛，
和妳的心靈而已。

——遺稿詩

我不相信有天堂存在，

即使牧師講得天花亂墜。
我只相信妳的眼睛，
妳的眼神才是光亮的天堂。

——遺稿詩

很遺憾地說，女性能使我們得到幸福的方法只有一個，
但要使我們陷於不幸的方法，卻有三千種之多！

——佛羅倫斯夜話

在我心靈之中，
有一張黃金製的小桌子，
在這桌子的周圍，
有四把小黃金椅子。

在黃金椅子上有個小女人。
在她髮髻上揮有一把金劍，
坐在椅子上玩撲克牌，
每次的勝利者總是克拉拉。

克拉拉贏了而面露微笑。
我可愛的克拉拉，
妳應該每次都會贏，
因為王牌都掌握在妳手中。

——亞達·特洛爾

感情浸泡在無限的喜悅裡，女人最了解這種感覺，因為女性們的嘴唇在飄搖著，用神秘且不信任的笑容，把我們一切大小事情，分類為主觀和客觀。

　　她們的腦袋有如藥房裡的幾千個抽屜，第一個為理性，第二個為悟性，第三個是有趣的俏皮話，第四個是無聊的廢話，第五是沒有，亦即將一切理念收藏起來，準備好幾千個抽屜，用自負的學究角色誇耀理論上的行為。

——哈次之旅

茱麗葉的內心毫無絲毫情意，
她是一個法國女人。
光是以外貌生存，
乍看之下，似乎仍有相當魅力。

她的眼神有如甜蜜的光網，
能被這網目卡住的人，
他的心情如同小魚般，
歡愉地上下跳躍。
——亞達‧特洛爾

她的眼神有如甜蜜的光網，

能被這網目卡住的人，
他的心情如同小魚般，
歡愉地上下跳躍。

——亞達·特洛爾

女人可以說是跳蚤，
令人癢得難受。
但如果被跳蚤咬傷，
不要嘮叨也不要囉嗦。

女人們會很狡猾地微笑，
因為她們可以利用床來進行復仇。
當你想擁抱她時，
她會轉身背對你。
——為了家之圓滿

我並不是強壯得足以保護女人的門，
但我仍不得不做好這角色。
我的任務是看管好寶貝，
但昨晚重要的寶貝卻被奪走了。
——蘭普塞尼多

這女人神氣地坐在四匹馬拉著的馬車中，
絲綢的椅墊中，
盤著捲髮的頭，
對於在路上走著的人們，
有如貴婦般地睥睨一切。
——舞妓波瑪兒

在女人們懷抱中睡著的男士，
黎明時卻在遍地都是骷髏的斷頭台上醒來。
——流謫的諸神

昨日還沈溺於接吻的幸福，
今日已遭破滅，
對於真正的愛，
我從未牢牢抓住。

好奇心強的我，對各種女人，
都希望用我的手臂擁抱過。
但那些看清我心靈的人，
隨時隨地就離開我了。
——遺稿詩

昨日還沈溺於接吻的幸福，

今日已遭破滅，
對於真正的愛，
我從未牢牢抓住。

——遺稿詩

反覆出現的虛榮，
那些虛偽的高興，
出賣良心的親吻，
那是含著極毒的花啊！
女人們很懂得方法，
將我的喜悅及愛意都化為烏有。

——佛羅倫斯夜話

坦白說，愛上一個女人就如同患了一場恐怖的大病，無論任何藥，都無法治癒；此時，聰明又老練的醫生們會鼓勵病人離開女人身畔，只要能做到這點，女巫師的魔法就會失敗。也就是說，解鈴還須繫鈴人，由女人引起的病症，也須經女人的手方能治癒。

——追憶

面對一個患相思病的人，如果你告訴他乾脆離開美麗的愛人，天涯我獨行，走出戶外到大自然尋求治病妙方，這個勸告是最無聊的了！如果這病人尚未完全失去其元氣，那就建議他俯在雪白的胸部上，此時就算得不到安詳，至少對病情有所幫助，因為對抗女人最有效的解毒劑就是女人，這是不變的真理。

——追憶

老侍女知道夫人藏有能返老還童、長壽不老的仙丹妙藥。有一次，她趁夫人不在家，從夫人的化妝室裡，偷走裝妙藥的小瓶子。這妙藥本飲下二、三滴即可，但她竟吞下一大口，結果非但無法發揮其威力，老侍女反而變成了一個小嬰兒。

——浪漫派

是惡魔？或天使？沒有人知道！
女人在什麼情況下是天使，
從哪裡開始才算是惡魔，
更讓人摸不著頭緒。

——亞達‧特洛爾

我稱讚法國的女性並非因為她們的優點，
而是針對她們的缺點提出意見。

——佛羅倫斯夜話

純潔無邪的女孩，

只須使用一般的肥皂。
奢靡放蕩的淫婦，
卻用玫瑰花油清洗身體。

——亞達·特洛爾

　　巴黎的姑娘出生在社會上時，雖有許多缺點，但美麗的魔女同情她們，將每一個缺點都賦予令人難以抗拒的魅力，而使缺點成為另一種風情。

——佛羅倫斯夜話

　　每個巴黎姑娘都擁有許多不同的面具，有時笑容滿面、有時則充滿智慧、有時帶有撒嬌意味。由此可知，要想找出最美的臉蛋，或是天生坦率的臉龐，那將是一件相當棘手的事。

　　她們是大眼睛嗎？我可不清楚。試想，當大砲的砲彈從頭上掠過時，怎會有時間及心情去量大砲的口徑呢？

——佛羅倫斯夜話

我不知這女子的品性如何，但她是一個醜陋的女人。
一般而言，醜陋的女人已多少包含品性端正的意思。
——構想與警句

美麗的女性啊！
妳的嘴唇並非用於問路，而是要用在接吻。

——自然的精靈

當女人結束的時候，
就是劣等男人的開始。
——構想與警句

純潔無邪的女孩，
只須使用一般的肥皂。
奢靡放蕩的淫婦，
卻用玫瑰花油清洗身體。
——亞達·特洛爾

妻子與母親

結婚進行曲令我想起，
刺激士兵上戰場的音樂。
　　——構想與警句

　　德國人的婚姻生活，並非真正的婚姻生活，丈夫擁有的不是妻子，僅是擁有一個女傭人罷了！男人雖已成家，但其心中仍過著無憂的單身生活。

　　我真想說，德國的一家之主並不是丈夫，丈夫只是女傭的男僕罷了，在家庭中，他不得不顯露出努力的本性。
　　　　　　　　　　　　　　　　　　——構想與警句

我衷心地愛著我的妻子，她是我生活中的必需品。

如果我去世，我會非常担心她的生活陷入困境，

因為她簡直像三歲小孩，不會思考，不會考慮因果。

　　　　　　　　　　　　　　　　——寫給母親

　　　　　　　　　　我走路一定抬頭挺胸，

　　　　　　不聽他人的話，內心極為頑固。

　　　　　　　　就算國王看著我的臉，

　　　　　我或許也頑強地不肯將眼神屈服。

　　　　　　　　　　但是母親，坦白說，

　　　　　　無論我如何地高傲神氣，

　　　　　　　　在您慈祥的身旁，

　　　　　　我會沉醉於謙虛之中。

　　　　　　　　　　——寫給母親 B・海涅

　　在我成長的過程中，母親扮演極重要的角色。在我尚
未出生之前，母親已著手教育計畫，她擬好我所有功課的
進度表，所以我從小到大都乖乖地照母親所希望的去做。
但大體而言，絕大多數的努力成果，或多或少都會受到母
親的責難，實在是我的天性不適合這樣做，天性對我的未
來掌握著極大的力量。

　　　　　　　　　　　　　　　　　　——追憶

喂！你現在有何感想？

對政治仍然感興趣？

還在活動嗎？你擁護哪一黨？

母親啊！

我覺得這橘子汁好喝，汁甜味甘。

我把皮置於此。

——德國，一個冬天的童話

我為了追求愛而四處流浪，

但不管如何追尋，總是無法得到。

筋疲力盡、傷心而回。

而您在家等著我、迎接我。

一進門看見您的眼神，

我終於知道：

這就是長久以來我一直追求的美麗的愛。

——寫給母親 B‧海涅

我對我的太太極為滿意，她是我所能想到擁有誠實心靈的人；但最後我所相信，即唯一得到我信任的人——那就是「母親」。

——寫給母親

如果我的記憶沒有錯，今天是您的生日，我衷心向您說聲：「生日快樂！」過年之前這段期間，會不會寫信回家？尚不得而知；利用這機會，先表達恭賀之意。聖誕節該送母親什麼東西呢？該送掛在客廳的水晶燈或土耳其產的絲綢布？昨天我發現，我的妻子用她的私房錢，買了標價僅六千法郎的凳子，這是她送我的聖誕禮物，那麼好的凳子，就算普魯士國王要用他的王冠和我交換，我也不會答應的。

──寫給母親

　　雖然母親今年已八十七歲高齡，卻仍老當益壯，精神奕奕。母親再也不會過問我的作為與想法，但我知道，母親會永遠關愛我、安慰我。

──追憶

第三部

思想與修養

思想與行為

思想是眼睛看不到的自然，
自然是眼睛看得到的自然。
——構想與警句

　　當被我們製造出來的物體，竟然向我們索求靈魂時，
那是極為可怕的；但如果我們已建構出來的靈魂，窮追不
捨地向我們索求軀體時，那就更可怕了，思想就是屬於後
者。
——德意志宗教哲學史

　　思想不只是感覺上的現象而已，如果我們不把身體賦
予思想，思想將不會讓我們安息。
——德意志宗教哲學史

我已聽了十三年自由思想家的思想架構，這是一個司祭的職責。無庸置疑地，一個出色的神父必須注意這點，所以我從很早開始就相信，信仰和懷疑是靜靜地並排走著，在我內心深處，以寬大胸懷產生這種心理。

——追憶

是古代的信仰仍在石頭上騷鬧嗎？
或是大理石的浮雕像在爭吵不休？
荒涼森林的狩獵之神的怒號，
和摩西的咒罵，
兩者似在激烈地爭吵著。

這種爭吵絕不會終止！
真與美都在互相爭執，
人類這一大群人，
永遠都分為野蠻人和希臘人兩派。

詛咒、互罵，一場漫長的爭論，
簡直永無止境。
巴拉姆的騾子在此發出，
比那些諸神的聖者更高亢的喊呼聲。

——受難之花

思想是眼睛看不到的自然，

自然是眼睛看得到的自然。

——構想與警句

觀念論是透過一切的抽象概念而抽掉神明，

最後，再也找不到絲毫神祇了。

——德意志宗教哲學史

陰鬱的拿撒勒人是由超精神的猶太教來支配的嗎？

世間是由希臘人的快樂、華麗的生命及愛來支配的嗎？

——自然的精靈

我從來不是抽象派的思想家，我把黑格爾哲學綜合，

不經查證就採用，只因其結論滿足了我的虛榮心。

——告白

世界也好，人生也好，都只是片段。

請教德意志的大學教授，

如何才是美好的人生體系？

醫生專門組合人生，

用睡衣和睡帽的布片補滿世界的組織。

此為其拿手絕活。

——歸鄉 58

我是標榜哲學上的世界主義，

雖然我也想要擁有像法國人般平凡的感覺，

但我的內心仍具備古典式的德國俗人本性。

——德意志宗教哲學史

像我這樣不成熟的人，

仍會對每個會讓人感動的事情賦予熱情。

——海姑蘭島書簡

　　不管任何人都不會去思考，即使是謝林和黑格爾兩位
哲學家也不會去思考。因為他們的哲學簡直如同天上的
雲，只有空氣和水份。我到現在為止，已看過無數類似的
雲，神氣、耀武揚威般地從我頭上掠過，但在第二天黎明
陽光照耀時，就會熔化化為烏有。

——盧加鎮

這種爭吵絕不會終止！

真與美　都在互相爭執，
人類這一大群人，
永遠都分為野蠻人和希臘人兩派。

──受難之花

小孩子把關於天堂的喜悅，
用震動的歌聲唱著。
在彈奏過程中，我的手提箱，
正被普魯士海關人員檢查著。

不管任何東西都被翻來覆去，
連內衣褲、小手帕也不放過。
他們在找尋蕾絲、珠寶，
以及禁賣的書籍。

這些傻瓜睜大眼睛翻遍手提箱，
根本找不到任何東西，
我攜帶出來的走私品，
都收藏在我的腦袋裡。

──德國，一個冬天的童話

看哪！在那一輪月光下，

有一龐然大物。

黑色神秘有如惡魔般站立著，

原來那是科倫的寺院。

那應該會成為精神象徵的巴士底獄，

狡猾的教皇黨人們正在想著：

在此巨人的監獄裡，

德意志的理性會因此而衰弱。

　　——德國，一個冬天的童話

　　　康德指出精神的本質說：「我們並無悟性這種概念，從普遍及綜合而言，亦即從整體而言，從直觀到透視，從整體朝部分前進，才可能有思考的悟性。」

　　的確，我們經過緩慢的分析、漫長的推理，已認知到精神能在瞬間經直觀而理解，因此康德能理解在拿破崙那時代具有的精神意義，非但不會瞧不起，並且能經常利用其精神。

　　　　　　　　　　　　　　　——北海第三部

像我這樣不成熟的人，

仍會對每個會讓人感動的事情賦予熱情。

——海姑蘭島書簡

思考和行為兩者能構成巨大的建築物，但若沒有堅持的意志，像是失敗的知識以及帝國主義，仍然會很快就告崩解的。

——德意志宗教哲學史

在「純粹理性批判」的周圍，聚集一群德意志哲學的雅各賓黨黨員，他們只能忍受這批判，其他理論皆不允許他們並認為康德是德意志哲學的羅伯斯比。

——卡爾·得夫所著《貴族論》序文

奴隸制度既成事業，黑格爾不得不用理性，為士萊爾·瑪卡的反抗自由行為辯護。

我也了解困難重重，只好勸他能像基督一樣忍耐。哲學家和神學家只會令人生氣以及咒罵。

普魯士受到民眾影響，響起改革之聲，但民眾卻背叛了神和理性，公然為了名譽，而被迫受到創傷。

——法國的狀態

・青春女神

第二節

學問與道德

那些注釋者都是透過沾滿塵埃，所謂學問的眼鏡來評斷，所以在莎士比亞續集中，明顯可以看出失去純樸、自然與親切感。

——莎士比亞的女性們

目前進行的宗教改革，正朝向浮士德生存的年代學習。浮士德本人對因信仰而促進知識勝利，即發明印刷術，這點的確有深遠的意義。然而，這技術卻掠奪了人們天主教式的心靈平靜，把人們推進疑問和革命的漩渦中——引入了惡魔的暴力。

——浪漫派

基督教式的天主教，長久以來就一直欺騙我們，從我們手中搶奪各種快樂；利用科學，透過知識及理性的書籍，我們終究會要回來的。

——浪漫派

　　精神擁有永遠的權力，單靠教義無法達到鎮壓效果，也不會因教堂鐘聲而影響睡眠；牢獄和寺院是為支配精神而使用的鐵鍊。

——北海第三部

　　康德對他自己的著作，因有許多沈重繁雜的波折，所以並不滿意；那些愚蠢的模仿者，只模仿得康德的外形。因此，在德意志頗流行「會寫好文章的人，絕非哲學者」這種說法。

——德意志宗教哲學史

自由是新的宗教，

是我們這時代的宗教。

——英國片段

　　不錯，德意志偉大哲學家的著作，毫無止境地伸延，意義極為深遠，但卻令人無法理解，可以打開，作者到底寫些什麼，想要表達什麼；就像穀倉裝滿稻子這對飢餓的民眾沒有任何幫助。倒是我把心靈的糧食、一片麵包分享給民眾，他們反而會感謝我。

——德意志宗教哲學史

放棄神聖的寓言，
放棄虔誠的假設，
放棄令人感覺可惡的懷疑，
坦率解開枷鎖吧！

為何正當的人要背負十字架的重擔，
拖著血跡斑斑的腳鍊，可憐地活著？
而壞人卻驕傲得意地，
騎在馬上睥睨人群！

——遺稿詩

自由是新的宗教，
是我們這時代的宗教。

——英國片段

　　當時，自由思想可說在學者、詩人及其他文學者之間極為盛行。然而到今天，不止有這些人，另外還有工人、商人這些充滿活力的大眾，大家口裡也在交談著。

——德意志宗教哲學史

　　柯羅・威恩所著《旅日遊記》的封面說：「雖然每個國家風俗習慣不同，但國民令人讚許的行為，不管到何處，都能得到認同。」這是一個俄羅斯的旅行者，聽到一個位居高階的日本人所標榜的言辭後，而將之記載在其著作上的話。

——海姑蘭島書簡

自由可能是新時代的宗教──

不為富翁而形成，乃為窮人而設。

──英國片段

真正的道德，無論從教義或立法而言都一樣，道德是由民族的風俗而獨立存在，而風俗是氣候及歷史的產物。風俗有很多，但道德只有一種。

──海姑蘭島書簡

事實上，人類的道德很難抓住其概念，我們規定命名的道德，是詭辯式的遊戲。道德會從各種行動中出現，道德的意義存在於行動的動機，並非在行動的形式及色彩。

──海姑蘭島書簡

道德是從教義及立法獨立出來的，所以它是建全人類感情一種純粹的產物。

我應該可以這樣主張，真正的道德是理性的靈魂，就算教會或國家滅亡了，道德仍可永遠長存。

──海姑蘭島書簡

即使一個作家的作品只有一行，也不可因
有廣大的讀者，而將不經其允許的作品公開
發表，這是不可饒恕、不道德的行為；尤其
是個人的信件，更不可侵犯，如果將之印
刷、出版，就會招致輕蔑的罪刑。

——追憶

現代的一切歷史，
只是狩獵的歷史，
而現代是自由思想大狩獵的時代。
——卡爾·得夫《貴族論》序文

PART4

第四部

政治與人民

第一節

階級與共產主義

大部份的市民在社會上
汗流浹背努力地工作著，
而那些王侯的侍者們卻讓
各種芳香的香水味從身上飄出來。

———亞達·特洛爾

人類被分為兩種相爭的類型，一因飽腹、一因飢餓引起的痛苦，我是屬於後者，所以我必須與飽腹之人，採取激烈抗爭。

———威廉·賴德克利夫

可憐的窮人啊！當有些人正旁若無人地享受豪華且奢侈的晚宴時，你們飢餓的痛苦無人知曉！有人將麵包投擲在你的膝蓋上，你流下的眼淚潤溼了這塊麵包，但卻無法下嚥。

———英國片段

那些因為飢餓而煩惱的可憐的人們，連續三天不吃不喝，一個一個地死去，並被草率地埋葬，卻幾乎沒有人發覺他們的存在與消失。

——法國的狀態

給富者一顆心臟，
給貧者一片麵包。

——路迪茲亞

　　貴族即使對君主懷有貳心，但一旦看到平民百姓反抗君主時，仍會暴跳如雷。

——浪漫派

　　一般來說，哥廷根的居民被分類為學生、教授、俗物和家禽四類，這四種階級區分並不嚴格。

——哈次之旅

給富者一顆心臟，

給貧者一片麵包。

———路迪茲亞

　　我們都知道，人無論在天堂或地面上的平等，都需要質疑；哲學上所說的政治上的親善，比基督教所能給我們純精神上的親善，更加有益，一點也沒錯。

——哈次之旅

神創造的一切是完全平等的。

就是國家的憲法，

也絲毫沒有宗教的差別，

更無膚色、體味的差別。

嚴格的平等不管任何騾馬，

也可以登上最高官階，

但即便是獅子，

也須背著袋子走到水車場。

——亞達·特洛爾

　　人們現在無法放棄世上美麗的享樂，但有人卻吶喊著，還給我吧！那是我們該繼承的享受。

——浪漫派

對於天堂信仰的破壞，就連在道德上，也具有政治意味；於是大家不再以基督教式來忍受現實的不幸，而渴望求得世間最大的幸福。因此，共產主義就在世界變革中孕育而生。

　　　　　　　　　　　　　　　——有關於德意志的書簡

　　對於既存於無產階級之間的鬥爭，較激進的人們，用偉大的學院派哲學家做為領袖，這是想當然爾。這些領導者從信條到行為到朝向思考的終極目標，已做出綱領。其內容為何？我從很早以前，就在夢裡寫著，嘴裡交談著。

　　　　　　　　　　　　　　　——有關於德意志的書簡

　　他們（共產主義者）是絕對信奉世界主義，和主張所有民族平等、地球上一切自由市民能給予相同的友情，這種根本信條，在福音書上曾經寫過；從實際而言，共產主義者對於德意志愛國主義者有排斥，他們比國粹主義的頑固戰士們，更是優秀的基督教徒。

　　　　　　　　　　　　　——〈路迪茲亞〉法文版序文

嚴格的平等不管任何驢馬，

也可以登上最高官階，
但即便是獅子，
也須背著袋子走到水車場。

——亞達·特洛爾

我窮其畢生恨他們，和他們戰鬥。每每在瀕臨死亡時，正當手中的劍要掉落時，卻見共產主義在前進途中。給予他們致命一擊，這簡直如同巨人打青蛙，不須用木棒攻打，只須用腳踩，就能踩垮他們。

——〈路迪茲亞〉法文版序文

市民階級也同樣遭到惡魔的破壞，他們對於共和國雖不一定感到害怕，但對於共產主義者卻懷有恐懼，因為共產主義者就像隨時可能從政府的廢墟堆裡竄出來的老鼠，讓人防不勝防。

——路迪茲亞

上一次，我遇見一個共產主義者朋友，他告訴我說：「我很想說真話。」後來，這朋友又說了一句：「財產不會被廢棄，但會被賦予新的意義。」

——路迪茲亞

最近和一位極開朗的銀行家交談後，不僅對共和主義產生共鳴，對金錢利害情況不斷被抑制這一點，也因此頗有了解。

我有時會變成一個完美共和主義者，當我把手伸進右邊口袋中，碰到冷冰冰的金屬時，會不自覺地戰慄，擔心財產會不屬於自己，而贊成君主制度；

但當另一隻手伸進沒有放任何東西的左邊口袋中時，會担心一切就此消失，此時我會用愉快的心情，吹著馬賽曲的口哨，表示贊成共和國。

——路迪茲亞

但丁曾說：「理論家即惡魔」，那恐怖的三段論調，將我們緊緊勒住。所以我提出：「人，不管任何人，都有吃的權利。」但如果無法駁倒整體論，就須承認其他結論，想到這裡，我簡直要昏倒了。

那些真理的精靈在我周圍活蹦亂跳，發出勝利的歡呼，使我內心更難受，我想高叫——這個古老社會早就被審判判決了，根本無法發揮正義。毫無罪惡的人，竟被逼上斷頭台；貪圖私欲的人竟能飛黃騰達；人竟然向人榨取，乾脆讓人和古老的社會一道被毀滅吧！

——〈路迪茲亞〉法文版序文

「未來是屬於共產主義的天下」，每次聽到這種論調，我的心情就會變得不安且憂慮。事實上，如此陰沈的偶像破壞者，會想要掌握支配權，這個時代若真的來臨……我感覺非常恐怖；

　　他們會把長滿繭的手毫不留情地將我們心靈上認為美麗而珍貴的大理石像破壞始盡；他們會把詩人們真心喜愛的藝術玩具及裝飾品毀滅掉；他們會砍光我的月桂樹，改種馬鈴薯；那些不中用的歌手們，即將被趕走，而我的詩歌集，也會被食品店拿來當做裝咖啡、菸絲的紙袋，以供應給未來的老太婆們。

　　哦！這些事情，我完全知道，那些自鳴得意的無產階級，將來會和羅曼蒂克的世界，一起被毀滅！我的詩被攻訐、謾罵，想到這點就有說不出的悲傷。

　　雖是如此，我仍要正直地告白，共產主義雖和我一切的利益及嗜好大相逕庭，但仍在我心靈中，產生無法拒絕的魅力。

　　　　　　　　　　　　——〈路迪茲亞〉法文版序文

・安娜夫人

第二節
革命與人民

　　這個時候最睿智的人受到侮辱，愚蠢之人竟受人推崇，事物和思想被推翻，最後的人變成最前面，最低下的人變最高貴，整個世界似乎倒過來了。

——告白

　　我們並不想當急進派的小市民和勞動者，也不想做純樸無知的市民、低薪無權的議長，我們所標榜的是建立壯麗、神聖、受到諸神祝福的民族主義。

　　你們穿上純樸的衣服，守著保守的風俗、吃著無香無味的食物，這需要改革，因此我們要求要有諸神的美酒和佳餚，紅色華麗的衣服和珍貴的香料，如妖精般的舞蹈音樂和逗人的喜劇。

——有關於德意志的書簡

我們要引導大家瞭解現代，諸民族再也不會被貴族當做御用文人唆使派遣，被迫去參加令人怨恨的戰爭；諸民族的神聖同盟已成立，我們再也不用受相互不信任之罪，幾十萬專門殺人軍隊再也用不著了，我們可以把刀劍馬匹轉用於耕種，此時我們已得到和平、幸福和自由。

我畢生將奉獻於這件工作，這是我的工作，雖然我被敵人懷恨，但這是我忠實完成任務的證據，我願如此。

——〈法國的狀態〉序文

可憐的民眾！可憐的狗！你們實在太可憐了！

這種情形並非現在才開始，打從上古時代，民眾流血流淚就不是為自我本身，而是為他人而做。

一八三〇年七月（指法王禁止出版自由，而引發人民革命抗爭），民眾雖得到勝利，但只是為資產階級者而戰，而結果就是取代了那些利己主義的貴族們。民眾靠自己的力量獲得勝利，但換來的除了後悔和更加窮困外，沒有得到任何有代價的東西。但我們也知道，如果戰爭鐘聲再響起，民眾仍會執起槍，為自我本身奮鬥，要求合理的報酬。

——魯德溫‧斐納備忘錄

對！人民憑其本能，

一切借助知識的力量，
而對各種事件更加了解。

——海姑蘭島書簡

團結團結是現代最需要的，
如果我們像一盤散沙，
就會變成奴隸！只要能團結，
就可以打倒那些暴君。

要團結、要團結，
只要能如此，我們就能得勝；
一定可以打倒不合理的獨占與支配，
我們要建立正義的動物國家。

——亞達‧特洛爾

　　所謂目的和手段，只是人對於探討考察自然及歷史時，經常使用的概念，像這種概念，創造者什麼都不知道。一切只為自我，發生什麼事情，也以自我為前提，和整個世界相同，一切東西都為自我而生存──生存既非目的也非手段，生存是一種權利，過去為了行使權利且發揮力量者，就成為革命。

　　不要被那些歷史學家減弱幹勁，他們不關心主義，只會儘說風涼話；目前我們所關心的方向，是如何維護人權，不使其受到危害，而能有尊嚴地生存下來──聖加斯特說過：「麵包是人民的權利。」

——各種歷史觀

市民階級尚掌握支配權，現在王室不會有任何威脅，然而有更強的拳頭，使得貨幣的計算、帳簿的記錄，即將面臨一場暴風雨，市民階級若因擔心而退出了，結果不知會如何？

——路迪茲亞

　　　　　　由於閃電過於厲害，
　　　你們內心會猜想　不會打雷。
　　　　這是錯誤的想法，要知道我
　　　　　　也有本事將雷打響。

　　有朝一日，如果那一天來臨時
　　　　　　　就會感到恐怖了。
　　　到時候，讓你們聽聽我
　　　　如霹靂般雷聲的打擊。

　　　　　這一天，瘋狂的暴風雨
　　　　　立刻將橡樹撕裂開來，
　　　宮殿不停地　震動發抖，
　　　　寺廟之塔　崩塌。

——稍待

團結團結是現代最需要的，

如果我們像一盤散沙，
就會變成奴隸！只要能團結，
就可以打倒那些暴君。

——亞達·特洛爾

會重視我們的方法的國民，
會同意先從宗教改革來進行，
然後才能專心做哲學研究，
等哲學研究完成後，才可以轉移到政治革命。

——德意志哲學宗教史

德意志國民認為浮士德這首詩篇是一篇意義深遠的寓言，但要使其實現，尚須一段時間；要利用洞察精神進而篡奪精神，得到復權的勝利，這工作須長期努力，因為革命是宗教改革的偉大的母親。

——浪漫派

我在黑暗中照耀你，當戰爭開始時，我站在最前線。在我的周圍盡是臥在地上戰友的屍體。我們能得勝，我相信我們終能得到勝利，只是在我周圍，竟有那麼多死去的戰友。在歡呼勝利的歌聲中，摻雜著對死者的憐惜及期待安息的歌聲，只是我們還來不及高興，來不及悲傷，喇叭聲便又響起，新的戰鬥又開始了。

——頌歌

愚民們，我不會和你們一起去偷勝利偶像的車子。
——寫給基督徒 S 的壁畫式短詩

在改革的時代裡，
人對一切事情都要親眼所見，親耳所聞。
——魯德溫・斐納備忘錄

對！人民憑其本能，
一切借助知識的力量，
而對各種事件更加了解。
——海姑蘭島書簡

每天　吹著、響著、響徹雲霄。
讓那些最後壓迫者　統統逃亡。
——傾向

最愛和平的市民們，在狹窄的街道上，拿起了武器，
設下了拒馬，堆好了沙包，去衝鋒陷陣，勇敢奮鬥著。
——卡爾・得夫《貴族論》序文

為了哲學而思考的頭顱，

革命卻以自以為是的目的，將之砍下。

——德意志宗教哲學史

　　偉大的二月在三天之間發生的事，我到目前為止仍無法寫下來，因為我的腦筋已完全麻痺。鼓聲不停地響著，槍聲、馬賽曲……法國惡魔之歌壓倒心中響亮之歌……人天生是勇敢的野獸，法國的勞動者不怕死，勇敢戰鬥的情況令人感動，絲毫不是因宗教意識，而是在這塊土地上，為了祖國而犧牲，這就是報酬的代價，其來世一定會有美麗的信仰。

——二月革命

　　說真的，你們法國人當然有得到自由的資格，因為在你們心中都抱著自由的信念，這是和上一輩不同之處。

　　老實說，你們的父親能探取英雄般的行動，掙脫出千年的奴隸制度，但也曾做出瘋狂、殘暴的行為，甚至蒙住了人類守護神的臉。

　　現在的人民也因正當防禦進行混亂的戰鬥，全身沾滿血跡。這血跡並非戰爭時沾上的新血跡。人民自動地替受傷的敵人包紮傷口，當行動完成後，對於曾付出的努力，並不要求分文的報償，仍如往常般回到自己工作崗位。

——海姑蘭島書簡

法國的公雞現在出現二次啼聲，
連德意志也會變成白天。
　　——卡爾·得夫《貴族論》序文

　　哦！我從那一次後就得到經驗了；
　　若希望未來能早一點出現，就一定要戰鬥。光是靠一匹骨瘦如柴的甲冑、虛弱的身體，要想實現理想，這是愚蠢的行為。
　　　　　　　　　　　　——《唐吉訶德》序文

　　剛開始推動革命的人，大體而言，會成為革命犧牲者，這是不爭的事實；在歐洲實現偉大國民革命的法國，其國民企圖的結果正在收穫中。但或許會被消滅。
　　這是我個人的想法，但願是個錯誤的想法，因為法國國民就像貓一般有九條命，就算從再高的地方掉落，膀子折斷了，也能立刻再站起。
　　——關於法國的舞台

砍斷手鍊的奴隸不會有危險，

對已變成自由的人不必害怕。

——海姑蘭島書簡

為了哲學而思考的頭顱，
革命卻以自以為是的目的，將之砍下。
——德意志宗教哲學史

讓我在地面上成為一個幸運者吧！
再也不要因飢餓而煩惱。
不可將雙手工作所獲得的東西，
卻讓懶惰者的肚子得到飽食。

在凡間，為了所有人的孩子，
應該做足夠的麵包。
玫瑰花牛奶、美麗與快樂、
甜豌豆，一定要如此。

當豆莢裂開時，
這個甜豌豆是屬於萬人的。
至於天堂，
就交給麻雀天使去處理吧。
——德國，一個冬天的童話

有偉大精神的人，
無論革命成功與否，
永遠都會成為革命犧牲者。
　　——《沙龍》第三卷序文

總是做出偽善的那些種族，
很幸運地今日已不被重視，
一步一步朝墓穴走去，
因患偽善病而死去。

沒有任何掩飾，也沒任何缺失，
只是懷有自由的思想與欲求。
新種族不斷地產生
我願意向這些種族說出一切。

年輕一輩已經長大，
已了解詩人的自尊心與好意。
用詩人　太陽般的心，
讓自我本身得到溫暖。
　　——德國，一個冬天的童話

總是做出偽善的那些種族，

很幸運地今日已不被重視，
一步一步朝墓穴走去，
因患偽善病而死去。

——德國，一個冬天的童話

勝利的時刻尚未來到，我們包括我和你，其他同一時代生存的人們，會因感覺身心疲倦不堪而死去，然而會有更堅弦的繼起者，更努力去奮鬥，我相信會如此。

——寫給約翰・H・迪多摩特

砍斷手鍊的奴隸不會有危險，
對已變成自由的人不必害怕。

——海姑蘭島書簡

・兩女子

第三節

國民與國家

我全體國民，你們才是國家真正的皇帝，真正的君主。
——英國片段

　　我的國民，你的意志才是唯一合法的權力源泉，你的
身體雖被捆綁而倒地，但結果還是你握有的權利勝利。
——英國片段

　　　　　　　　　　諸神雖離開了，但國王仍留在這裡。
——浪漫派

任何國民都有人民的缺陷，
我們也有我們的缺陷，
也就是文明的遲鈍。
——路迪茲亞

陸地是屬於法國人和俄羅斯人。

海洋是屬於英國人。

我們德意志人是在天上的幻想國家裡

擁有支配權。這是無庸置疑的！

——德國，一個冬天的童話

我們德意志人對於音樂、秘密結社、自然哲學、幽靈學、愛以及詩，極為敏感，若有不合理則據理力爭。

——柏林書簡

德意志國民並不會這麼簡單就被推動，然而一旦被推動到某一條路之後，就會發揮無比耐心，把這條路從頭到尾走完。

在我們從事宗教改革時，已表示過這種行為，對於政治同樣也會徹底前進。

——德意志宗教哲學史

任何國民都有人民的缺陷，

我們也有我們的缺陷，
也就是文明的遲鈍。

——路迪茲亞

我想德意志不會那麼快就發生革命，德意志成為共和國是不太可能的事，我想我是看不到德意志共和國出現了，但當我們踏進墳墓成為一堆枯骨時，人們會使用劍為共和國努力奮戰。

我是如此地深信，因為共和國是一種理念，我們德意志人對於這種理念，將會是有始有終的將之實現、絕不會在中途放棄。

——法國的狀態

某些德意志的女人，
到四十歲為止仍保持貞節，
但以後對自己的主義有所動搖時，
仍不會故意去做不可告人之事，
只是心裡有時會如是想。

——有關於德意志的書簡

當我想到我們貧窮的德意志人，
還要養那麼多專制君主時，不禁寒慄不已。
——北海第三部

法國人愛國主義的具體就是法國人已沸騰，為了擴大這膨脹的熱情，不但用愛包住全法國，也包住全部的文明國家；德國人具體的愛國主義卻愈來愈狹窄，像是冷氣房中的皮革收縮。

——浪漫派

　　總而言之，在德國發生爭論時，遭受嚴重攻擊者，會獲得大眾同情的眼淚，德意志若有刑罰時，德國人會像那些三姑六婆般好奇地去看那些可憐罪人的痛苦樣，他們會傷心，甚至會為罪人辯護；在文學上的處罰也是如此，會用誇大的手法表現其傷心。

　　有些老太婆一旦看到快要被處決的人卻得到赦免，此時就會覺得沒什麼看頭，而惆悵滿懷地回家。當她們期望的希望破滅時，其憤怒會加大。

——浪漫派

　　德國這個國家自古以來，就是王侯交配所，必須對近鄰的王室，供應必要的母馬和種馬。

——北海第三部

德國和奴隸相似，並不需要用鐵鍊或鞭子，只需要用言語、甚至用眼神和表情就會服從自己的主人。

　　奴隸精神在德國人心中，是從靈魂深底散發出來，精神性的隸從比物質性更糟糕。要解放德國人須從內部做起，從外部是完全無效的。

——構想與警句

　　對英國人和法國人而言，每天都是鬥爭和應戰的歷史，但德國人沒有任何戰鬥的理由，而且德國哲學家在其人民想獲得某項東西時，必會很慎重地教導其國民。

——英國片段

　　法國的瘋狂並不像德國那麼明顯，就如波洛尼亞斯所說的，德國的瘋狂的確有其道理，有其邏輯所在，而且非常有良心；而法國則是膚淺的笨蛋，根本無法預料德國瘋狂的情形。

——浪漫派

我初次到巴黎的第一天，在路上有一個法國人微撞了我一下，就非常客氣地道歉，他的聲音讓我覺得好像是羅西尼義大利作曲家的旋律。對這種謙虛的態度，我覺得訝異，因為我已經習慣撞了人家的肚子也不會道歉的德國式無禮。

——佛羅倫斯夜話

　　如果有人問我，我在巴黎過著哪種生活？

　　請你告訴他：「像是水中的魚般的生活。」但如果在海中有一條魚問候其他魚，這條魚可能會回答：「我的生活像是在巴黎的海涅。」

——寫給南特·希拉

　　我到法國的巴黎，我的德國名字海因利希馬上被翻譯為「安利」，我不得不接受這名字，並且到最後我在德國也不得不自稱這名字，因為海因利希這種叫法不易進入法國人的耳朵。法國人就是那種會把世界上一切事物，以自己的方式任意去修改的民族。

——追憶

在法國即使是不共戴天的仇人，如果在酒店裡碰見，既不能保持沈默也不能露出不高興的表情，這是因為法國人民非常想獲得他人的好感，不僅是對朋友，對敵人也不例外。

——佛羅倫斯夜話

英國這個國家，到處使用機器替代各種手工，但這種機器萬能世界，讓我覺得不愉快。看到齒輪、軸和汽缸，還有無數的小鈎、大頭釘等快速而精巧地運轉著，真覺恐怖極了。

——佛羅倫斯夜話

英國人的生活態度較務實、精密、墨守成規、一絲不苟，這讓我覺得不安；在英國，機器就像人，人看起來也像機器般地無感情，好像木、鐵或黃銅製的機器，掠奪了人的精神，只有把精神完全吞入了，才會如此這般發瘋似地工作。

——佛羅倫斯夜話

我去見這島的總督幾分鐘，這個人是純英國人。在這幾分鐘內他都不說話，甚至動都沒動地站在我面前。那時我不禁想走到他後面，去仔細檢查他背部的機械發條是否忘記轉動了。

——海姑蘭島書簡

　　想到莎士比亞是屬於神生氣時的製成品時，就會令我心情消沉。

——莎士比亞的女性們

　　我是否該去美國那巨大自由的監獄呢？在那裡，眼睛看不到的鐵鍊，卻竟比在故鄉看不到的鐵鍊更令我痛苦。在那裡，一切最可惡的莫過於暴君對愚民做野蠻的支配。

——海姑蘭島書簡

　　最親愛的德國農民啊！你們都去美國吧！在那裡沒有王后、沒有貴族；在那裡，人人平等，都是平等的農民。除此之外，當然也有好幾百萬黑色或褐色皮膚的人，像狗一般被使喚著。

——海姑蘭島書簡

世俗的利益才是美國人原來的宗教，

金錢是他們的神，唯一全能的神。

——海姑蘭島書簡

在北美大部份州中，奴隸制度該已被廢除，但想到國家對一般黑人或黑白混血兒那種殘忍的待遇，我就非常生氣。雖然有點黑人血統，但這種血統不再呈現在皮膚上，只是從臉上還看得出，這種人也得忍受最大的侮辱，這種侮辱讓我們歐洲人覺得似乎是虛構的故事。

或許是因為如此，美國人對基督教非常執著，非常虔誠地去上教堂。

——海姑蘭島書簡

在紐約，某一個信教的牧師對有色人種的被迫害非常生氣，他不在乎可怕偏見，而讓自己的女兒嫁給了黑人。這種真正的基督徒行為被發現後，竟遭民眾攻擊，牧師狼狽而逃，他家被破壞了，牧師女兒成為可憐的犧牲者。

她被愚民逮捕，愚民憤慨地運用私刑，脫光了她的衣服，在其身上塗上膠油後，推倒在羽毛被上，等全身黏滿羽毛後被拉至街上遊行，遭受民眾的嘲笑。

——海姑蘭島書簡

春天到底是怎樣的情形呢？這要等到冬天過了才會知曉；美妙的午夜歌聲，是從爐邊創造出來的，而關於自由的愛，是監獄的花，要在監獄中才會知道。

　　自由的價值也是如此。對德意志的祖國愛？要進入德意志的國境才能發芽，尤其在國外目睹德意志的不幸，就會自然產生。

——《沙龍》第一卷序文

　　我是萊茵河那一邊自由的孩子，萊茵河畔是伴我成長的地方，但為什麼萊茵除了當地土著外，現在會變為其他人所有呢？

——《德國，一個冬天的童話》序文

哦！丹唐！
你犯了嚴重的錯誤。
這錯誤必須改正才可以。
如此，在腳底、在鞋底，
就可以帶著祖國走遍四方。
——德國，一個冬天的童話

我永遠記得？

打在我背上的鞭是一條黃色的籐，
但留在上面的傷痕卻瘀青了。

——追憶

　　我是愛德意志的德意志人，但我更愛地面上數量比德意志人多出四十倍的其他人。愛會使一個人的生命更有價值，愛是生命中不可或缺的。我比那些只愛德意志和德意志人的德意志人，領略了超過四十倍的價值。

——柏林書簡

自從踏上德意志的土地後，

在我全身流出魔鬼般的血液。

但碰上了母親，又重新湧出更大的力量。

——德國，一個冬天的童話

　　「你污染了我們的旗子。你真的要把自由的萊茵交給那些瞧不起法國、法國人及其親情的人嗎？」我已聽到這嘈雜的聲音，放心吧！我會尊重你們的三色旗，但問題在於旗子有無被尊重的價值，問題在於很多事情並非無聊、卑鄙的遊戲。

　　在德意志的思想裡，立下紅、黃、黑的旗子，將這旗做為解放人類的象徵，如此一來，我願意將我最好的心臟及血液，奉獻給這些旗子。

——《德國，一個冬天的童話》序文

一個具有奴隸本性卻爭取真理的勇敢鬥士，在不知不覺中，竟然成為或高或低的官吏。當上了公會的幹部，每天晚上以愛國者的心情，喝著萊茵的葡萄酒，到海灘俱樂部吃牡蠣大餐，很自由自在地走在祖國的土地上。

——《亞達·特洛爾》序文

　　有人看到從一片悲慘的波蘭沼澤土塊中挖出了鞋子，愁眉苦臉嘆氣說：「這種地方，他們稱為祖國。」

　　但波蘭人的祖國愛，並非從地面而來，而是為獨立戰鬥，回憶歷史的不幸而油然生之，這是無庸置疑的。

——論波蘭

我永遠記得？
打在我背上的鞭是一條黃色的籐，
但留在上面的傷痕卻瘀青了。
——追憶

因各種原因而落在我背上的鞭子，是我的不幸，所有自白的報告，都將永遠留在我記憶深處。

　　也許是年少時代的深遠影響，現在只要說到留著大鬍子的人，或小個子猶太人的故事時，恐怖的回憶又重現腦海，背部不禁引起寒慄。

——追憶

　　根據我經驗所及，希臘人只是一個美麗的青年，而猶太人是一個強而有力且堅強的大人。這不僅在古代如此，在過去一千八百年直到今日，仍無改變，所以我現在更能認同猶太人真正的價值。

　　那些具革命與民族主義思想的戰士們，並非以血統、門第引以為傲。在所有的戰場上，一切痛苦的戰鬥中，那些殉道者的子孫，會以其祖先的成就為傲。

——告白

事實上，猶太人被所有土地所有人排斥，甚至沒有任何手工藝品的收入，而教會嚴格禁止商業和錢莊涉及正教的信徒，此舉使得仰賴這些人生存的猶太人變成富翁，但卻因此遭受憤恨、法律詛咒及殺身之禍。像這種戴著宗教的假面具，進行殺戮的行動簡直不可思議。

　　在這世界上，畢生信仰神，仰賴神而呼吸的民族，竟是被屠殺的人，真是怪哉！

——告白

　　如果我沒有記錯，把猶太人命名為〈書籍之民〉的應是伊斯蘭的穆罕默德。

　　聖經是猶太人祖國財產的支配者。猶太人在這本書限制的空間縫裡生存，在這裡人人擁有市民權，在這裡不會有驅逐，不會有蔑視，人人都堅強且美好。

——海姑蘭島書簡

　　東方預言家將猶太人稱為〈書籍之民〉，西洋也有預言者黑格爾，將長於歷史哲學中的猶太人，命名為〈精神之民〉。

——海姑蘭島書簡

你想與神賜給我的白刃接吻嗎？

關於這點，我用相同的語氣回答：「我才不願意在刀口上接吻——我只想和金髮的約瑟芬接吻。」此時，約瑟芬怕刀刃會傷到我，所以不敢反抗我的要求，聽憑我的擺布，於是我大膽地用雙手抱住身材苗條的她，吻向富挑逗性的唇。我只想與劊子手美麗的女兒接吻，並不害怕這劊子手究竟斬了幾個壞人的腦袋。而對於傳說中的與這族人接觸的人，會遭受不光榮的眼光，這我也不在乎！

我只想與劊子手美麗的女兒接吻！

——追憶

沒有人能像德意志國民那樣，對自己的君王付出一切忠誠。國土因戰爭受到外國的支配，德意志人陷入傷心、悲慘的狀態，他們最傷心且最難以忍受的是，看到戰敗的君主竟然跪在拿破崙的腳下。

——浪漫派

德意志人憎恨所有外國的東西，德意志人只希望變成偏狹的德意志人，他們已經不想當世界的市民，也不想當歐洲人。

——浪漫派

我不知道有多麼羨慕安靜的德國城堡，有人駐守在門邊，不讓任何事物進入，包括親人和其他痛苦。

——寫給海因利希‧勞貝

世俗的利益才是美國人原來的宗教，
金錢是他們的神，唯一全能的神。

——海姑蘭島書簡

第五部

藝術與文學

第一節

藝術與藝術家

藝術是反映生活的一面鏡子。

——浪漫派

　　在社會上，有不少品質差的鏡子，反映在這鏡上的事物，連有美男子之稱的阿波羅，也會變成漫畫中的表情，令人啼笑皆非。那時我們笑的只是那漫畫般的表情，並非阿波羅本身。

——《亞達·特洛爾》序文

在藝術領域中偉大而誇張的，
總比小而微不足道更容易表現。

——浪漫派

藝術和宇宙都是為其本身而存在，
人的意見在受到批評後會不斷改變，
但宇宙永遠以同樣姿態存在，
藝術雖有各種不同的見解，但仍會獨立存在。
———浪漫派

音樂可能是藝術的最後一句話。
———路迪茲亞

　　他是貴族，是喜愛形式的人，是傾向藝術的人，是民
眾的敵人。

———《唐吉訶德》序文

以前借給藝術家做為模特兒的大自然，
如今利用大自然製造出來的傑作，卻傲視著大自然。
———佛羅倫斯夜話

藝術是反映生活的一面鏡子。

——浪漫派

我歷經千辛萬苦，總算拖著腳步來到羅浮宮，站在米洛的雕像台前，受到美麗女神（維納斯）的讚美。

當我進入時差點昏倒。我長時間伏在腳下傷心地哭著，哭得連一塊石頭也投來憐惜之情，而女神卻用慈悲的眼神注視我，好像表示著：

「你知道嗎？因為我沒有手臂，所以無法幫助你！」

——羅曼采羅後記

古典式藝術描繪有限，所以形象較能和藝術家的理念相契合；而浪漫式藝術屬無限，其描繪純粹有關於精神，因此用暗示較隱約合適。

浪漫式的藝術與其朝向傳統式象徵世界，不如逃向比喻的世界，這種情況和基督本身將精神利用各種美麗的比喻表達出來很相似。

——浪漫派

德意志的悲劇主角幾乎千篇一律是處女，
但法國的悲劇主角卻是已婚婦女。

——關於法國的舞台

大部份人所說的浪漫主義，就僅是西班牙的光澤、蘇格蘭的濃霧、義大利的音響……等等混合一起，可說是從摩登衍生而受到多彩的戲弄；或用奇妙的燈光，使一個人的心靈興奮，進而享受快樂。

　　但這種錯綜複雜、朦朧的形象絕非真正的浪漫主義。總之，受到浪漫式感情的刺激，各種形象與造型式的文學形象，都具有明確的輪廓，能具體地描繪出來。

　　　　　　　　　　　　　　　　　　　——浪漫主義

　　歌德派陷入如下的錯誤：亦即把藝術本身公開宣稱為最高級，對於當然第一順位的現實世界的要求，卻探往相反的方向。

　　　　　　　　　　　　　　　　　　　——浪漫派

文學所期望道德的向上，絕非為藝術的目的，
因為在藝術當中，也有如同宇宙般毫無目的，
人只是在這裡摸索「目的和手段」的概念。
——浪漫派

音樂可能是藝術的最後一句話。

——路迪茲亞

實際上，經過幾個世紀之後，每一次都會出現新的宗教，而且會流入習俗中，成為新道德而抬頭；所以，如果把過去的藝術作品，用各個時代的道德標準測量，可能會被指責為非道德。

——浪漫派

在新時代會產生新產品，

而藝術會與新時代熱烈共鳴。

不必從褪色的過去借用自我的象徵，

不必結合以前的技法創造新的技巧，

到那時，自我陶醉的主觀，奔放無礙的個性、自由豁達的人格，一切生存的喜悅，將被自由自在地揮霍，這比對古老藝術死亡的幻想更加有益。

——法國的畫家

在雅典和佛羅倫斯碰上粗野的暴風雨，和黨派間的衝突，使得藝術總算開放了美麗的花朵。

——法國的畫家

一般而言，笨音樂家是屬於誠實的人，
相反地，很文明的音樂家絕無誠實的人。
社會上所珍貴的應是誠實，而非音樂。
——《亞達·特洛爾》序文

　　萊辛（德國啟蒙運動最重要的作家）說：「拉法耶就
算被砍斷雙手，他仍是畫家。」和此相同，亦可說就算把
萊辛的頭砍斷，他仍屬於畫家，那個人沒有頭扔能繼續畫
畫，更沒有人發現他沒有頭。

——構想與警句

　　大體而言，庸俗的畫家會把等身大的聖徒像，塗在畫
布上；但真正偉大的畫家會對正捉著虱子的西班牙丐童、
邊嘔吐邊拔著牙齒的荷蘭農婦，甚至任何荷蘭醜陋的婦
女，具體、巧妙地把他們描繪出來。

——浪漫派

　　我們認為歌德在德意志所推廣的藝術本身，給予德意
志的青年有了逃避現實的替代品，這是阻礙祖國政治革新
的藝術。

——浪漫派

第二節

詩與詩人

仲夏夜之夢，我的歌聲，
毫無目的地幻想著，
就像沒有愛　沒有生命，
就像神和自然般無任何目的。
　　──亞達・特洛爾

　　詩人是預見未來的幸運兒，詩人就像橡樹般地看著熟
睡的橡樹林，和尚未出生的人們交談著。
　　　　　　　　　　　　　　──《新詩集》第三版序文

偉大的詩人經常都是一邊破壞古老，
但又同時建立新的基礎。
　　──《唐吉訶德》序文

詩人，他的眼神是能預見未來的歷史家。
　　——《新詩集》第三版序文

　　　　　　　如果詩人將鑽石比喻為人心時，
　　　　　　　或許是抬高了鑽石的身價。
　　　　　　　　　——構想與警句

時節改變，候鳥也改變習性。
鳥改變，歌聲亦可隨著變化。
　　——亞達‧特洛爾

　　　　　　　古代的諸神、新的諸神、
　　　　　　　奧林帕斯的一族人、
　　　　甚至最高的神耶和華也可被侮辱，
　　　　　　然而，唯有詩人不可被侮辱。
　　　　　　　——德國，一個冬天的童話

偉大的詩人經常都是一邊破壞古老，

但又同時建立新的基礎。

———《唐吉訶德》序文

德意志的詩人啊！吟唱詩歌吧！
用歌聲換取德意志的自由。
讓我們的心靈往前推動，
彈奏起馬賽曲的曲調
鼓舞我們前進。

不要像維特般哀聲嘆氣，
他的心只為夏綠蒂燃燒。
警鐘為何響起，
得趕快告知民眾才行。
再談匕首吧！再談劍吧！
———傾向

　　我不知道將來自己的棺材，是否值得用月桂樹來裝
飾？就算多麼喜愛文學，那也只是神聖的玩具，或許是為
了進入天堂的目的而使用的手段罷了。
　　到目前為止，我從未將私人的名望高估。自己的詩受
到稱讚也好，受到貶責挑剔也罷，我都不在乎，但是請各
位記得，務必在我的棺材上放一把刀，因為我是解放人類
陣線勇敢的士兵。

———從慕尼黑到熱那亞之旅

血啊，從我的眼中流出來吧！
血啊，從我的身上流出來吧！
用鮮紅的血跡，將這種痛苦盡情地揮灑。
　　　　　　　　　　　　——小曲 6

　　我對於這種小而頻繁的戰鬥已感到筋疲力盡，想好好
地休息，只希望能對我天生就喜愛，屬於我的夢想，從各
種角度去思考，不又牽扯各種技術。若能沈溺在幻想中，
該有多好！我喜愛寧靜，但命運捉弄人，竟被鞭打的貧窮
的德意志同胞，將我從安寧中呼醒，我做夢也沒有想到我
的職務竟是唆使德意志人去行動。
　　　　　　　　　　　　——海妲蘭島書簡

　　解放民眾是我畢生偉大的任務，所以各種戰鬥無論在
祖國也好，流浪他國也罷，只能忍受這無以復加的不幸與
痛苦。然而，待人純潔無邪的天真本性和民眾接近後，會
逐漸改變，想到他們的愛撫時，不禁令人寒慄。
　　　　　　　　　　　　——告白

如果詩人將鑽石比喻為人心時，

或許是抬高了鑽石的身價。

──構想與警句

　　創造最出色小說的光榮，應由西班牙人（唐吉訶德）獲得；而戲曲最高品質的光榮，應由英國人（莎士比亞）獲得。如此，何類的榮冠該留給德意志人呢？在地球上最優異的作曲家，非德意志國民莫屬。

　　雖然目前各國人民，忙政治忙得不可開交，但當這些工作告一段落後，德意志人、英國人、西班牙人、法國人、義大利人，大家一起到綠色森林裡大聲比賽歌唱，我相信歌德的歌一定能得獎。

──《唐吉訶德》序文

　　我到威瑪拜訪歌德，當我和他面對面站立時，我禁不住將眼神看向側邊，似乎在歌德的旁邊，有著閃亮嘴巴的駑，我差點用希臘語與之交談。

──浪漫派

　　我是德意志的詩人，也是歸化的法國人，用這種方式來說明自己，簡直快把我逼瘋了。

──路迪茲亞

我忍不住要嘲笑英國人，他們竟然向英國第二詩人（在莎士比亞之後，接受桂冠的拜倫）用下流、卑鄙的俗式，任意下斷言。而拜倫本就不屑於英國人的一板一眼及小市民的不隨和本性。

　　英國人的驕傲和偽善使他們不相信冷冰冰的信仰、唾棄乾燥無味的生活；多半的英國人在談論拜倫時，都要先畫個十字。

——盧加鎮

　　拜倫是唯一讓我覺得有親切感的人，他的死令我傷感，或許有許多地方，我和拜倫很相似，如果你覺得好笑，就儘量笑吧！

　　近幾年來，我已很少看他的書，人總是喜歡和自己不同性格的人交往，我把拜倫當成自己的同事，心情愉快地與之交往。我不喜歡莎士比亞，他是一個大臣，而我只是一個小顧問，隨時都可辭職不幹。

——寫給摩塞斯·莫薩

為了法國，我或許願意死亡，
但要用法語做詩——我不會這麼做。
——回想

　　　　　　　當火焰最美麗時，
　　　　　　　就更接近滅亡之途。
　　　　　　　寧靜夜晚的燈光，
　　　　　　　純潔地讓生命伸展。
　　　　　　　　　　　——構想與警句

　　宗教、哲學都不重要，我願意成為和這些毫無任何關係的詩人，如此我就死而無憾了！雖然詩人對宗教的象徵語法和哲學的抽象語言都很挑剔，但基本上尚能了解，但那些宗教家和哲學家，絕不會了解詩人。
　　　　　　　　　　　——寫給凱格・威得

我的歌有毒，
但卻情非得已。
在我生命的小酒杯中，
你將毒倒入其中。

　　——抒情插曲 51

第三節

語言與作家

> 如果是活生生的語言，
> 即使小孩都能輕易運用；
> 如果是死了的語言，
> 就連巨人也無法扶持。
>
> ——德意志宗教哲學史

　　要同時雕塑拿破崙和威靈頓的雕刻家，十點做彌撒，十二點在猶太教教堂唱詩歌。牧師，為什麼不能這麼做，如果這樣做的話，就不會有人去參加彌撒，也不會有人到猶太教堂去了。

　　作家要使用兩種語言，是很困難的事——坦白說，他們連一種語言都無法完整地表達。

> ——構想與警句

毫無疑問地，德意志語是我們最神聖的財產，德意志的界碑？就算多狡猾的鄰國也無法推動。

　　自由人間歡呼的聲音，任何有權力的外國人，也無法使其舌頭麻痺。德意志語等於為祖國戰鬥用的錦旗，在因受到愚昧和奸詐計謀而被趕出祖國的人而言，旗子就代表國家。

——浪漫主義

　　在巴黎，不管在何處，一聽到別人用法語交談的時候，我就不斷想起拉封丹的寓言故事。就像已聽習慣的動物聲音，一下子，獅子在談話；緊接著，狼群們正說著話；小綿羊、白鷺、鴿子、狐狸的聲音也進入了耳朵裡。

　　在我腦海中，經常出現以下的回憶：

　　你好，烏鴉先生！

　　你真是一個優雅的紳士。

——佛羅倫斯夜話

　　不可成為野蠻、粗暴、不講道理的德意志人。想學習語言，就得先知道這些精神，想知道這精神，就得先敲打大鼓，因此我得到法國鼓手很大的幫忙。

——勒克朗之書

所有大作家的作品，

絕不會一開始就得到別人的認同。

——浪漫派

　　現代的學者，將題材加上他們認為繁雜、抽象的學術用語。為什麼把裝木乃伊的箱子裝進棺材中？類似這種一般大眾無法解讀的事物，歸諸應存在於埃及的象形文字。我想從地窖的納骨室中找出讓一般人都能瞭解的語言，讓民眾都能理解的文體，喚醒其有軀體的生命。

——流謫的諸神

我又看了一次舊約，

這真是一本偉大的書，

我所注意的並非內容，

而是書中表現的語言是自然的產物，

樹木、花朵、海洋、星星，

甚至人本身也會生出嫩芽，閃亮地笑著。

為什麼會如此，我也不知道。

我只知道一切都是自然天成，這是神的話，

比較而言，其他的書只是證明人的才華。

——海姑蘭島書簡

　　莎士比亞寫的文章，可以與聖經直截了當的文體相輝映；莎士比亞以赤裸的語言表露情感，令人驚訝與感動。

——海姑蘭島書簡

莎士比亞的才華並非屬其個人所有，而是繼承前人及同時代的人所造就——當時的劇作家，都使用傳統劇場，這使得莎士比亞的才氣被發掘，在啟蒙後，他放棄了傳統戲劇語言，以高貴美麗純潔的赤裸表現，與純樸和無飾、自然競爭，很令我們驚嘆！

　　　　　　　　　　　　　　　　——莎士比亞的女性們

　　德意志的童話故事裡，不僅能和動、植物交談，甚或無生命的東西，也能和其交談，一起行動。

　　　　　　　　　　　　　　　　　　——哈次之旅

所有大作家的作品，
絕不會一開始就得到別人的認同。
——浪漫派

　　　　　　　　自然界為要探尋自我而創造出歌德，
　　　　　　　　　　所以歌德是以自然的姿態，
　　　　　　　　　　　　反映自己的思想及意志。
　　　　　　　　　　　——從慕尼黑到熱那亞之旅

浪漫式的題材，

其形式是造型。

——阿勒曼索魯

歌德的傑作就像美麗的雕塑，裝飾在田園，但在德意志，那僅是一尊雕像，供人們瞻仰，但雕像本身並不會有任何作用。

——浪漫派

古代的雕塑，令我想起歌德的文學——歌德式的文學，完整、崇高、冷靜，但其悲傷、冰冷、頑固的作品，充滿在現代人的血液中，卻無法與現代人一起高興、一同煩惱。那不是人，而是神與石頭不幸的混血兒。

——浪漫派

歌德的泛神論，在小曲中以最清晰、可愛的言語表達，而斯賓諾莎的學說是透過數學的形式，就像蛹衝破了繭，變成歌德的小曲，神采飛揚。

——德意志宗教哲學史

出版的自由和文體的平等，真正的民主主義，應由政府頒布才對。

——路迪茲亞

在莎士比亞的作品中，我們所看到的是赤裸裸的真實，並沒有穿上藝術的外衣。藝術的守護神在此，角色聽憑自然，然後讓心靈燃燒，將造型及戲劇表現巧妙地結合，盡情發揮。

莎士比亞是猶太人，同時也是個希臘人，他融合了唯心主義與藝術，發展出更充實，更有深度的作品。

　　　　　　　　　　　　——海姑蘭島書簡

在莎士比亞心中，把地球當做戲劇舞台；在其表演的戲劇時代，統一的時刻代表永遠，這兩者與莎士比亞劇中的主人翁相互輝映，發出燦爛的光芒。

　　　　　　　　　　　　——莎士比亞的女性們

長久以來就是不公正、跋扈、愚昧以及庸俗的戰鬥！但在這場自認為是神聖的戰鬥中，如果你願意把我當成是戰友，我也很樂意伸出援手。

此時的文學是一種美麗，但卻是多餘的事。

　　　　　　　　　　　　——寫給卡爾·因馬曼

文學和政治相同，

有動與反動的法則。

——《唐吉訶德》序文

　　偉大的詩人都是在破壞古老傳統之際，也會建立新的基礎，他們不會肯定某些事情，也不會絕對否認。

　　塞萬提斯在其所著的騎士故事裡，忠實地敘述下層階級，也就是將騎士的生活從虛幻中變為平凡，而創造了近代小說。

——《唐吉訶德》序文

　　唐吉訶德這位高貴的騎士竟受到人們的嘲笑。他努力想將逝去的生命找回，回歸現實的世界，但這位騎士骨瘦如柴，他的背部須與現今的事實糾纏，且勝算機會不大。

——《唐吉訶德》序文

　　塞萬提斯、莎士比亞和歌德這三大詩人，他們的敘事詩、抒情詩及戲劇已臻於文學最上乘。

——《唐吉訶德》序文

　　荷馬的作品中，描寫藝術的產物，題材和聖經相同，大都採自現實生活；在人類精神的洪爐中所鑄造的詩的形象，是透過所謂藝術的精神過程，將題材純潔化。

——海姑蘭島書簡

文學和政治相同，

有動與反動的法則。

　　——《唐吉訶德》序文

　　事實上，好的文章總是遭人誹謗，經常有人在耳邊告訴你該怎麼做，但真正的民主主義和平民相似，是為了要人民懂得而隨便寫的。

　　　　　　　　　　——《唐吉訶德》序文

　　我必須謙虛地說出，我的犯罪並不在思想，而是表現在寫法和文體上，我的朋友海因利希・勞貝，曾將我的文體命名為文學上的火藥，我認為火藥是極為美好的發明，在火藥尚未發明前，我的作品就等於是火藥庫。

　　　　　　　　　　　　——流謫的諸神

第四節

時代與文學

在焚書的地方，
人也經常被燃燒。
　　——阿勒曼索魯

不管晝夜地監視著，
絲毫不敢掉以輕心，
像帳篷裡的同伴睡得那麼甜，
（只要我稍微打瞌睡就會被勇士的打呼吵醒）

我經常碰到這種夜襲——
無聊、恐怖（不知道害怕的人是低能兒），
為了趕走無聊和恐怖感，
只好大聲唱著諷刺詩。
　　——決死的哨兵

我收到了祖國的禁令，不只是現在的著作，就連以後要寫的作品也被禁止了，我的腦筋已被查封，我雖沒有罪刑，但我可憐的胃卻因這禁令而斷絕一切糧食，我的名字已從人們記憶中消除；祖國的特務把所有有關我的報紙、各種文件、各種書籍，無論好意、惡意，一律塗黑。

　　當局下了這嚴苛的命令，真正無聊，但像這種命令雖使我的生活一時被破壞，但這一切的迫害，不會影響我精神上獲得輝煌的勝利。

——路迪茲亞

　　政治在極盛時代，不會產生純粹的藝術作品，這時候的詩人就如同暴風雨裡汪洋中的水手。水手看著屹立在岩壁上的僧院，聽著修女院中穿著白衣的修女唱著，但無情的雨欲打斷了他的頭。

——構想與警句

在焚書的地方，

人也經常被燃燒。

——阿勒曼索魯

> 可憐的德意志人躲在孤獨的閣樓中，
> 幻想能創造出另一種世界，
> 用自己本身想出來的文字寫著小說，
> 寫到莊嚴的神聖的詩時，
> 裡頭盡是不切實際的人、事、物。
>
> ——柏林書簡

文學史等於是一個堆積的大屍體，每個人都從此追尋自己的最愛或有緣人，我在為數眾多但並不重要的屍體中，發現到萊辛和赫特這兩位高貴的人的表情時，我的內心躍動，但還是無法吻向兩位前輩蒼白的嘴唇。

——浪漫派

德意志的浪漫派究竟是什麼呢？

那是中世紀的藝術和生活具體表現於建築上，視同中世紀文學的再生，但這文學是從基督教裡產生，是從基督教的血中萌芽而生的受難之花。

——浪漫派

已有多人發覺基督教與騎士精神對浪漫文學造成的影響。為要標榜出浪漫主義的性格，有在自己的文學中，混入這兩種性格者，但我相信這兩種只是一種替浪漫主義打開門戶的工具罷了，因為浪漫主義的災難早在我作品的文學祭壇上閃亮著，司祭已無必要再倒入聖油，騎士也無須配戴武器在火焰旁守護。

——浪漫主義

　　現在的德意志是自由的，不管任何傳教士都不會受到約束，無論任何貴族也無法徵召德意志人義務去當苦差，因此德意志的詩神應是自由、活潑、坦率，真正的德意志式女孩，絕不是那種沈溺於煩惱的年輕修女，也非貴族出身的驕傲女孩。

——浪漫主義

　　在浪漫主義的時代，人們只愛花中的香味——但現在，人們由於花所結的果實，才會朝向欣賞實際效用、乾燥無味的散文。

——構想與警句

莎士比亞的課題，

並不只是文學，也是歷史。

——莎士比亞的女性們

充滿機智的法國人，稱呼我為逃脫的浪漫主義者，雖然他們是用充滿惡意的語氣說著，但我卻極為高興，這稱呼再適合不過了；雖然我曾攻擊過浪漫主義，但我卻自始至終是追求浪漫主義者，比我預想的還瘋狂。

——告白

唐吉訶德把木造小旅館當做一個要塞，把趕驢子者當做騎士，把娼妓當做宮廷中優秀的女子。

但我認為要塞只是一個流浪漢屈就的簡陋木造旅館，騎士只是一個騎驢子的人，在宮廷中那些優雅的女侍是人人唾棄卑賤的娼妓。

——盧加鎮

反天主教的口號及反對王制的口號，唐吉訶德都不會承認，那些批評家評斷時，顯然犯了很大的錯誤。

——《唐吉訶德》序文

莎士比亞認為人在歷史上的本質及其現實表現，
是為相互作用——第三者的理念，
絕不會出現在莎士比亞的悲劇中。
在莎士比亞的世界中，人性永遠不變，
無論處在什麼時代，都不會改變。
在荷馬的作品中，也有其強調的「不滅」。
這種理念若在基督教抬頭的初期，
或宗教改革時代，或在革命時代，
要想充分表現大概不是件容易的事。
——構想與警句

　　萊辛將德意志的戲劇，從外國人的支配中解放了。萊辛批評希臘、法國的演技是無聊、愚蠢、下流，他不是只有空批評，也親自寫了作品，成為近代德意志獨創式文學創始者。

　　滿懷熱情的萊辛，他的社會思想是可以通向任何方向的。在萊辛的所有著作中，有著進步的人道主義和理性的宗教。
——浪漫派

萊辛在人生過程中，窮其一生均是家徒四壁，身無長物，似乎貧窮和困厄都落在偉大的思想家身上，唯有得到政治上的解放，才有可能趕走窮困和霉運。至於萊辛在政治活動上，比人們想像中更活躍，這一點，同時代中尚無人能出其右。

——浪漫派

　　蘇格蘭的敘事詩人（司考特），彈著巨大的豎琴，唱著整個心靈都會晃動的歌調，這種歌調若用來歌頌拿破崙皇帝，就不太適合，因為拿破崙是新時代的人，其輝煌的事蹟若引出來，會搞得我們眼花撩亂，忘記過去已褪色的光榮。

　　而其他作家如司考特，就算承認拿破崙革命的原理，也會更強調拿破崙性格中的保守，以及反革命精神；若在拜倫時代，必會描繪拿破崙革命的另一面，會極力抨擊司考特那些作家。

——北海第三部

　　雨果是個自私主義者，說得難聽點，是雨果主義者。

——路迪茲亞

但丁──是文學公然的告發者。
　　──構想與警句

　　歌德的作品，從未刻意去得到世人的認同，《少年維特的煩惱》大受歡迎是因為讀者真正被感動了，但與其說歌德的作品有藝術性的特質，不如說是其題材吸引人，畢竟具有藝術性特質的條件，能得到好評價的幾乎是零。
　　　　　　　　　　　　　　　　　　──浪漫派

　　歌德的人類解放詩，是用藝術家的立場來吟唱的，基督教式的瘋狂不會使得他不開心，他也不理會現代哲學式的感動，或許是怕心情受到擾亂吧！
　　　　　　　　　　　　　　　　　　──浪漫派

　　歌德在《浮士德》中，弦烈抨擊抽象式的精神及現實享受的歌求，所以他全心投入感覺主義的懷抱中，而寫了《西東詩集》這本書。
　　　　　　　　　　　　　　　　　　──浪漫派

以後全人類將會模仿基督而虐待自己的身體，想要將感覺融入絕對精神中，這實在是愚蠢的妄想，難道世界會因片面的努力而使靈肉靈化嗎？

　　拿破崙和歌德極力推動政治運動和意識存在；拿破崙強迫所有國民去做身體運動，而歌德讓我們接受希臘藝術，就像大理石神像般牢牢地擁抱我們，不使沈沒於絕對精神的霧海中。

——海姑蘭島書簡

　　如果藝術時代結束，則歌德主義會隨著結束，我們深信，在美學化、哲學化、藝術化趣味的時代，會使歌德更流行；但在感激與實踐的時代，歌德就行不通了。

——寫給法隆・哈肯・佛・恩塞

　　巨人（歌德）是德意志小人國的大臣，當然他就動彈不得；在奧林匹亞的神殿中，由費得斯親手塑造的邱比特神像，如果有一天突然站起來，會因此衝破圓頂吧！在威瑪的歌德，立場也是如此。

　　靜靜坐著的歌德，如果有一天突然站起來，相信他也會衝破國家的山形牆，或許歌德會用自己的頭，去撞國家的屋頂，而撞破了頭。

——德意志宗教哲學史

德意志古老的抒情詩流派，已隨著我結束了，但在這同時，我又打開了新流派的大門。

————告白

莎士比亞的課題，
並不只是文學，也是歷史。
————莎士比亞的女性們

比較萊茵河那一邊鄰國的文學及海峽另一邊的文學，如此一來，可更清楚我國生活的空虛及無意義。

————北海第三部

PART6

第六部

歷史與人物

第一節

歷史

每個時代都有各種不同的使命，
完成了這使命，人類就能得到進步。

——從慕尼黑到熱那亞之旅

我們現在正在火山上跳舞。
——路迪茲亞

打開世界史，每一件發生的事，
一時之間，並沒有直接關聯，
但到最後必會相互牽連，互相影響。

——浪漫派

歷史上曾發生的事，總是會有多種解釋，尤其是兩種完全對立的見解，更是屢見不鮮。

對代表性的存在：一方的見解認為，在地上所有事物，只是空虛的循環，其中經過成長與繁榮，凋落與死亡，眼看著春、夏、秋、冬四季交替，這種見解標榜「太陽之下，並無新鮮事」，但這並非首創，在二千多年前，中國的王者曾唉聲嘆氣地說過這話。

今天的自由鬥爭，只有加速新的專制君主登場，許多自由鬥士想讓世界更美好、幸福，而做各種熱情的政治努力，但當無任何實效成果時，就宣告放棄，每個人在各自生活中經驗過的希望、窮困、不幸、苦痛、歡喜、誤謬、絕望等，都在人類生活歷史中。

這與受詛咒的宿命論是互相對立的，宿命論強調所有地上的事物，將來必有美麗的結果，而偉大的英雄及英雄時代，都是為讓人類到達高度的神階層，人類道德上及政治上的戰鬥，終將成為神聖平和、永遠的幸福。

因此，所謂的黃金時代就在我們的前方，我們並非被天堂火焰般的劍驅逐，而是用燃燒般的心靈之愛得以進入天堂。其所賦予我們的是永遠的生命──這種見解的信徒，標榜著屬於長久的「文明」，在德意志尤其是人文學派，是這種見解的忠實信徒。

事實上，我們應珍惜過去，展望現在與未來，但並非把現在做為未來的手段？而是把現在當成現在般的重視。

──各種歷史觀

我們現在正在火山上跳舞。

——路迪茲亞

> 古時神聖的羅馬帝國，
> 請讓它再復興吧！
> 連同那些生銹發霉的東西；
> 一切保持原樣，還給我吧！
> 總而言之，在中世紀，若能保存原物，
> 使其道道地地地呈現，
> 我倒可能勉為其難地接受。
> 唯有那一個混血兒　我絕不會接受，
> 那個新的騎士精神　我也不接受，
> 那是歌德式的妄想與現代的欺瞞，
> 那令人噁心的混合物，
> 既不是魚　也不是肉啊。

——德國，一個冬天的童話

巴黎在世界史上，曾是上演最大悲劇的舞台，這個悲劇即便是遠方國家的人們，一想起也會血脈賁張，心跳加速，眼眶裡含著淚。但如此慘烈的悲劇，在巴黎親眼目睹的人們，卻只有我曾在聖・瑪爾旦門欣賞〈涅爾之塔〉時，有稍許的興奮之情而已。

——佛羅倫斯夜話

七月的陽光現在仍在閃亮著，美麗的路迪茲亞（巴黎的別稱）的臉龐，受到陽光的洗禮，臉頰紅潤，但胸前抱著婚禮用的花兒卻凋謝了，街道上排滿了自由、平等、博愛的大字，但很快地就被拭去了。

——告白

第二節

歷史人物與天才

我認為個人業績發揮的時代，已經過去了。
國民及其黨派和集團，才是近代的英雄。

——*法國的狀態*

親愛的讀者啊！求求你們不要把我當成拿破崙般、無
條件地崇拜著，無論是拿破崙，或亞歷山大、凱撒也好，
這些人物我都欽佩，但並非針對他們的行為，而是由於他
們的天才，所以我喜愛拿破崙僅僅到霧月（法國革命曆的
第二個月）十八日。

——*從慕尼黑到熱那亞之旅*

那一天（霧月十八日），拿破崙出賣了自由，這是因
對貴族主義的偏愛。原來拿破崙是一個貴族主義者，是敵
視全民平等的貴族。

——*從慕尼黑到熱那亞之旅*

這時代的精神並不僅有革命，而是由革命和反革命兩者結合創造出來的。

　　拿破崙並非全面地進行革命及反革命行動，而是用兩種見解的原理去努力、去行動，這兩者在拿破崙心中互相調和，化為自然、單純而偉大的行動。沒有衝動、粗暴，只有寧靜及溫文儒雅。

——北海第三部

　　拿破崙將軍一口氣吞下光榮酒杯裡的酒，他陶醉了，陶醉於執政官、皇帝，世界征服者的美夢中，但在聖赫勒拿島終於從醉夢中醒來了。

　　我們都只是五十步與百步之差而已，因為我們也是如醉如痴，都在做夢，所幸現在已經從夢中醒來。

——從慕尼黑到熱那亞之旅

　　諸位法國國民，你們應該奉獻的，並非破壞自由的拿破崙，也不是霧月十八日的英雄，更不是一心想得到光榮的雷神？而是要稱讚法國的勝利、法國的敗北。法國人民會因此受到尊重。

——路迪茲亞

天才的筆，

經常比天才本身更偉大。

———《唐吉訶德》序文

拿破崙臉部的色彩和希臘、羅馬的大理石像如出一轍，其面相也很相似，就像古代人一般地高貴。

只是在其臉上寫著：「爾等除了吾之外，再也不能信奉其他神明了！」

———勒克朗之書

一想到拿破崙皇帝時，
我的腦中就呈現金色燦爛的夏天。

———勒克朗之書

我在巴黎親眼目睹人世間許多事，並和英雄們親切地交談著，如果我的生命還能持續，或許將來我會成為一個偉大的歷史家。

最近總寫些風流韻事，我所游過的激流因水流過於激烈，所以無法盡情創造理想的詩。我現在比以前更勤奮，因為巴黎的花費比德意志超出六倍，我必須如此，才能維持生活開支。

———寫給菲特里比・梅凱魯

時間和空間都是重要的因素，我懷疑在十八世紀時，當我們是孩童之際，不僅是法國人，就連法國的精神也被支配著。

——告白

　　拿破崙至今仍活著，仍掌握著政權——因為從前古老的法國國王，絕不會死去，新的法國皇帝也不會死亡。

——告白

　　梅特涅（奧地利的政治家、外交家）從未向自由女神送秋波，更不會在心中感覺不安時，還去扮演煽動者的角色。

——《法國的狀態》序文

天才的筆，
經常比天才本身更偉大。
——《唐吉訶德》序文

偉大的天才，

是由其他偉大的天才創造出來的。
並非由於同化，而是因摩擦而創造。

——德意志宗教哲學史

> 真正的天才，是無法固定在一定的軌道。
> 批評總是在其身旁，可能讓他失去正向。
> ——北海第三部

　　唯有天才才能表現新思想、語言，而康德與善良的羅伯斯比，都認為自己不是天才，因此更懷念天才。康德在《判斷力批判》中主張「天才和學問無關，天才的活動被限定在藝術的領域中。」

——德意志宗教哲學史

　　以前所謂的財閥，是毫不講理的，因為財閥被認為是無節操、醋勁很大且是個無能者；經過幾千年的摸索，終於發現唯一能和有自信的天才敵對的武器，就是無能者反對的才華與人物。

——《亞達‧特洛爾》序文

・拿破崙

PART7

第七部

神與宗教

第一節

神

一切不是神，唯有神才是一切。
——浪漫派

　　神並不是在相同情況下出現，而是以各種形式在各式各樣的情況下出現，不管任何事要想得到神性，必須先充實本身才能，這是在自然界中進步的原則。
　　　　　　　　　　　　　　　　　　　　　——浪漫派

　　在神的世界中，神會變成植物出現，植物並無意識，就像宇宙的磁石般地過生活；神也會變成動物出現，而動物是做著官能的夢去過生活。
　　人能感覺、思考，因此多多少少能感覺到自己的存在，將自己與客觀的外在環境區別。
　　　　　　　　　　　　　　　　　　　　——德意志宗教哲學史

純粹的快樂就是愛，

神就是愛，神就是純粹的快樂。

——柏林書簡

如果真的完全被愛迷惑，這個人就得煩惱了；同情是愛情最後的感激，靈感可說是愛情本身，而基督是諸神尤其是女神心目中最尊重的神。

——盧加鎮

古老的諸神啊，

你們總在人們奮爭的時候，幫助勝者。

而人類卻比你們寬大，

在諸神有紛爭時，

我們會幫助失敗的諸神。

——希臘諸神

諸神也無法永遠支配人，

因為新的諸神會趕走舊的諸神。

——希臘諸神

純粹的快樂就是愛，

神就是愛，神就是純粹的快樂。

——柏林書簡

神的神聖氣息，
存在於歷史之頁中，
所以歷史就是神固有的書籍。

——浪漫派

創造出鞭的神明，會因看到持鞭之人，而終將筋疲力盡，鞭本身也會受不了，所以就用祂的慈悲與智慧，作了別的安排。

——追憶

我聽到一隻老蜥蜴向鵝說：「在這個社會上，不管任何東西都不想往後退，因此一切東西都向前進，自然的環循會使石頭變植物，植物變成動物，動物變成人，人就變成神了。」

我不禁發出聲音問道：「但是，那些善良的人會變成什麼呢？那可憐的諸神又會變成什麼呢？」

老蜥蜴回答：「哦！這些早已有了安排，或許就是去辭職吧！」

——盧加鎮

把神留下來給我們吧！
但並非是因為尊重，
而是因為懷恨，給予惡毒的詛咒。
——感嘆

在地面上所有偉大的東西，仍免不了被隱藏的老鼠偷襲，就連諸神最後仍會慘不忍睹地滅亡，那是命運的鐵則。那些僥倖不死的東西，最後仍得屈辱地向命運低頭。
——流謫的諸神

神會創造牛，是因為牛肉湯會使人更強壯；創造驢子是因為驢子很方便；而創造人，是因為人吃了肉湯後，不會變成驢子。
——哈次之旅

「該屬於神的就給神，該屬於凱撒的就給凱撒吧！」
但這是給予，與取拿大不相同。
——構想與警句

諸神也無法永遠支配人，

因為新的諸神會趕走舊的諸神。

————希臘諸神

被法國人詛咒的神，
比被英國人膜拜的神，更值得欣賞。

————路迪茲亞

長久以來，我和黑格爾就像瘋狂的孩子般，關心在神
身邊的豬。

————羅曼采羅後記

我是個可憐人，身體差，又患了嚴重的疾病，像我這
樣的人，若上天能聽見我的泣訴，我不知會多高興啊。

————告白

小小的陰蝨，
躲在去朝聖的老頭鬍子裡，
一起去朝聖，
在神面前唱著讚美的歌。

————亞達，特洛爾

・看書的女子

第二節

宗教

　　德意志是泛神論最盛的地方，在這塊土地上，衍生了我國最偉大的思想家及藝術家，但宗教──在理論上早被毀滅了。

　　　　　　　　　　　　　　──德意志宗教哲學史

　　舊教的傳教士，把天堂當成自己的領域，昂首潤步地走著！而新教的傳教士，走起來像是租房子住的房客，毫無尊嚴地走著。

　　　　　　　　　　　　　　　　　　──盧加鎮

　　就因為我著文批評國家和宗教，所以我被稱為所謂「國教的畸型兒」，是從世俗的權力和僧侶的權力中產生的殘障兒。

　　　　　　　　　　　　　　　　　　──盧加鎮

在基督教中，人只有透過痛苦才能有精神的自覺。
——構想與警句

人生有大多數時間是在不幸中度過，
因此用天堂的宗教做自我安慰的過程中，
唯心派的宗教是有益且必要的。
——寫給海因利希·勞貝

古老的信徒會很高興地敲著鐘，唱著「主啊！憐惜我吧！」——但這並不能證明老信徒的信仰正確，只是證明人的年齡會增長，會疲勞，會失去精力，終於無法享受與思考時，心情逐漸傾向天主教，只是如此。

改變信仰這是屬於病理學領域，對我們的工作反而成為不利的證據，如此說明了：「自由主義有健康的感覺，走在海闊天空的天地裡，在理性尚未完全今揮功能時，宗教信仰是不可能改變的。」
——德意志宗教哲學史

惡魔沒有信仰，

他們不會盲目地依靠權威，
他們會依自己的理性來判斷。

——自然的精靈

我所謂的宗教，是唾棄地上所有的財產，像小狗對主人般必恭必敬、唯命是從，像天使般忍耐追隨，而後成為專制、主義強而有力的支柱。

——浪漫派

對！他們偷偷地喝著酒，
並且也公開地向水說教。

——德國，一個冬天的童話

在我們實際生活中，把肉當做被惡魔詛咒的善良基督教徒，看到希臘神像時，會想到嫌惡童男的僧侶，而古代的維納斯裸體像，竟很滑稽地穿著用無花果的葉子做成的圍裙。

——浪漫派

基督是首次被愚民詛咒、被釘在十字架上的人，他的精神理應受到讚美。用這種精神來支配世界，殉教便成為道地勝利的象徵。

——海姑蘭島書簡

在新約中有許多種極曖昧的神秘意識，「把屬於凱撒的還給凱撒，屬於神的還給神」這句話說得很動聽，但脫離主題，就不能變成歸納的結論。

當人向基督問道：「你是猶太人的國王嗎？」這個答案至今仍曖昧不清；另一種問法：「你是神的孩子嗎？」穆斯林的穆罕默德曾心直口快地問過，但其答案是──「神沒有孩子」。

──海姑蘭島書簡

惡魔沒有信仰，
他們不會盲目地依靠權威，
他們會依自己的理性來判斷。
──自然的精靈

哦！主啊！為了基督，
饒赦了黑色罪人的生命吧！
雖然他們一定做了令你生氣的事，
但相信你也知道他們就像牛般地愚蠢。

饒赦了他們的生命，
為了揹負我們的罪而被釘於十字架上的基督！
如果那三百條生命沒辦法留下，
我們的生命將會失去意義。

——奴隸船

當歐洲歸之於基督教時，
猶太人是唯一主張信仰自由的民族。

——構想與警句

海涅簡略年譜

（1797.12.13～1856.2.17）

■一七九七年

　　根據推斷他是在十二月十三日出生於德意志萊茵河畔的杜塞道夫，雙親均為猶太人。

■一八一五年（十八歲）

　　為要學習銀行事務，隻身前往法蘭克福。在猶太地區，經人介紹認識了與之敵對的極左派的多納。

■一八一六年（十九歲）

　　至漢堡。進入叔父所羅門‧海涅的銀行實習，與堂妹愛瑪莉陷入熱戀，不停地寫著戀愛的情詩。

■一八一八年（廿一歲）

　　得到叔父財力支持，開辦了哈利‧海涅公司，但不久後宣告失敗。此時對文學方面更加熱愛，對拜倫作品產生了共鳴。

■一八一九年（廿二歲）

　　進入波昂大學，聽了 A‧W‧士雷蓋爾的文學講座，了解了浪漫派的本質，此時並且參加學生運動。

■一八二〇年（廿三歲）

　　進入哥廷根大學，寫了評論文章《浪漫主義》、戲曲《阿勒曼索魯》，並向某學生挑戰決鬥。

■一八二一年（廿四歲）

因決鬥事件受到休學處分，而後轉往柏林大學。聽了黑格爾講授後，有著決定性的影響；並透過法隆・哈肯夫婦，認識了德意志文壇人士。

■一八二二年（廿五歲）

開始執筆寫戲曲《威廉・賴德克利夫》、散文《柏林書》，並加入猶太人文化學術協會，致力於猶太人的解放；到波蘭旅行時，寫了《論波蘭》。

■一八二三年（廿六歲）

出版《悲劇及抒情揮曲》，柏林大學遭中途退學，在漢堡遇見泰瑞莎，展開熱戀。

■一八二四年（廿七歲）

再進哥廷根大學，到德國中部的哈次旅行時，寫了《哈次之旅》，然後到威瑪拜訪大文豪歌德。

■一八二五年（廿八歲）

大學畢業前，接受洗禮成為新教徒。

■一八二六年（廿九歲）

《哈次之旅》、《北海》相繼出版，更加有了名氣。開始執筆散文《勒克朗之書》。

■一八二七年（三十歲）

　　到英國住了四個月，回德意志後在慕尼黑替柯達公司編撰《政治年鑑》，《詩歌集》交由康培公司出版，開始執筆寫《英國片段》。

■一八二八年（三十一歲）

　　專心編撰《政治年鑑》，想當慕尼黑大學教授卻失敗，至義大利北部旅行，開始執筆寫《從慕尼黑到熱那亞之旅》。

■一八三〇年（三十三歲）

　　前年公開發表的《盧加溫泉》，卻遭到社會的反彈，再加上各種不良條件，只好至海姑蘭島療養，此時聽到法國七月革命獲勝消息，發憤圖強寫了《海姑蘭島書簡》。

■一八三一年（三十四歲）

　　逃到法國請求政治庇護，並且決定永遠住在巴黎。開始從法國寄通訊稿至德意志，執筆寫《法國的畫家》。

■一八三二年（三十五歲）

　　將《法國的狀態》投稿至德意志新聞社，用筆勾勒出普魯士人民受政治壓迫的情形。

■一八三三年（三十六歲）

　　用法文發表《浪漫派》在法國的雜誌上。

■一八三四年（三十七歲）

　　與法國女孩馮蒂爾德陷入熱戀，並在法國雜誌用法文
發表《德意志宗教哲學史》

■一八三五年（三十八歲）

　　德意志聯邦議會決定禁止出版年輕一派的作家著作，
海涅尤其首當其衝。

■一八三六年（三十九歲）

　　海涅的著作發表雖然受到阻礙，但他仍繼續寫著小說
《佛羅倫斯夜話》，並出版了《浪漫派》。從這無到一八
四八年接受法國贈予的政治難民救濟金。

■一八三七年（四十歲）

　　開始執筆寫作《唐吉訶德序文》及《關於法國的舞
台》，此時患有眼疾、感冒。

■一八三九年（四十二歲）

　　發表了《莎士比亞的女性們》。

■一八四〇年（四十三歲）

在德意志報紙執筆《路迪茲亞》，並發表《路德維希‧多納備忘錄》，該書對多納做強烈的抨擊，因而在左派樹立了許多敵人。

■一八四一年（四十四歲）

和瑪蒂爾德到庇里牛斯山同遊，八月步入結婚禮堂。

■一八四三年（四十六歲）

發表長篇諷刺詩《亞達‧特洛爾》，臨時回到漢堡。

■一八四四年（四十七歲）

和卡爾‧馬克思成為好友，暫住德國，並將長詩《德國，一個冬天的童話》和《新詩集》合訂出版。

■一八四五年（四十八歲）

因叔父所羅門的遺產，而和堂弟卡爾發生糾紛。

■一八四七年（五十歲）

開始執筆寫舞蹈詩《浮士德博士》，此時病情惡化。

■一八四八年（五十一歲）

發生二月革命，法國政府補助海涅的政治難民救濟金，引起法國傭兵的責難，從這一年開始，病情每況愈下，直到去世為止，再也沒有下過病床。

■一八五一年（五十四歲）

吟唱著所謂《褥墊上的墓穴》，嘴裡不停地說著要回歸於神，仍繼續從事詩的創作，此時公開出版詩集《羅曼采羅》。

■一八五三年（五十六歲）

發表故事集《流謫的諸神》，並執筆寫《告白》。

■一八五四年（五十七歲）

出版《路迪茲亞》，雖病勢嚴重仍完成了《告白》，並開始執筆寫《追憶》。

■一八五五年（五十八歲）

出版《路迪茲亞法文版序文》，表達了自己的思想、觀念；在海涅的病榻前，出現了神秘女郎夢秀，讓這位被病魔纏身的詩人，重新燃起愛情的火花。

■一八五六年（五十九歲）

完成《受難之花》成為絕筆，二月十七日逝世。其子女依其遺言將海涅葬於蒙馬特。

海涅的思想與生涯

海因利希這個美麗又閃亮的名字，經常成為優雅甜美的抒情象徵，簡直就是戀愛詩人的代名詞。毫無疑問地，海涅是個詩人——抒情詩人、敘事詩人；文學家、思想家、哲學家，就是海涅最佳寫照；海涅也寫小說、戲曲、評論文等等，海涅也有大量的散文作品，和其他作品比較，絕對是有過之而無不及。

　　海涅他曾經說過：「自己是現代人中，屬於最現代的人。」而根據霍姆林的說法，詩人海涅會用最佳的方法，讓大眾了解偉大的文學是如何走在時代的前端。

　　不僅是詩，海涅的任何著作，不管打開哪一頁，包括獨議的警句和箴言，都會傳出這位詩人的聲音，道出和我們息息相關的問題。這些文章以平易的手法敘述，雖然如此，要想完全了解實體，有時還真不容易。匈牙利出色文學家路加第指出，海涅不是個簡單的詩人，他能夠運用各種語言，與當時德意志苛刻的作品檢查制度戰鬥。

　　要把海涅的特徵簡單地描述是極為困難的——丹麥的名文學家布朗德斯綜合海涅的特徵，認為海涅從血統上而言，屬於東方；從出生地和教育上，屬於德意志；從教養而言，屬於法國人；從精神而言，除歌德外，比其他的德意志人更像強烈的世界主義者。德意志思想家尼采，對海涅給予最高評價，認為不僅在德意志，連全歐洲發生的事在其筆下都能略知一、二。無論是布朗德斯的結論或尼采

的主張，這種對海涅的看法都經常被引用，甚至已成為公認的解釋了。

　　成名之後的海涅雖是國際知名人士，但絕非世界主義者；海涅雖是猶太裔詩人，但卻也能掌握祖國的精神，是推動德意志進步的作家。現實的歐洲在十九世紀間，歷經七月和二月革命，海涅為此之最佳象徵。

　　正如布朗德斯所言，無與倫比的海涅其強烈的色彩，並無法以三言兩語來解釋，關於這點，湯瑪斯曼和中野重治二位作家曾說過令人印象深刻的話。

　　湯瑪斯曼在其隨筆《關於海涅的筆記》中提及：在海涅的《路德維希‧多納備忘錄》中有個人人身攻擊的嫌疑，而被朋友指謫時，海涅竟以一貫笑容說：

　　「我的文章是否美麗、動聽？」

　　日本學者中野重治在其《海因利希‧海涅回憶片段》中提及，若要瞭解海涅，須先瞭解三〇年代戰爭後德意志的歷史，尤其是萊茵地方的情形、英國的工業革命對法國和德意志的影響；在探討德意志文學潮流過程中，海涅那痛苦表情的臉又鮮明地浮現，而法國革命、德意志和奧地利各種革命和暴動及猶太人問題也可略知一、二。

　　由湯瑪斯曼所說的「海涅的笑容」，以及中野重治描述的「海涅痛苦的臉」，也許可以憑作家眼目所及，象徵式地映出海涅活生生的表情。

湯瑪斯曼認為海涅以一個藝術家堅強的信念，邊走著作家之道，邊做著自己認為最偉大的任務——「要取回受到凌辱的美，真正的價值。」

　　七月革命後在德意志橫行的「青年德意志」詩人們，對海涅反體制戰鬥的立論，絲毫不留情面地予以抨擊，海涅則認為，既然美麗的女神已降為「基督教徒裡洗濯著日耳曼國民性的洗衣婦」及「出賣自由的酒保和老闆」，如果想從歪曲及俗化中拯救美麗女神的本質，就必須由屬於美的女神——繆斯出面才行，但如果因受到權勢壓迫，而被迫犧牲「美」，這絕不被容許。

　　話雖如此，海涅絕非否定「青年德意志」，甚至可以說，過去偉大的藝術家就是代表「青年德意志」作家。根據海涅的看法，希臘和佛羅倫斯的藝術家，對於時代賦予的責任既喜悅又煩惱，但不會緊閉心靈、孤獨創作。

　　菲迪・亞斯和米開朗基羅並沒有將藝術和政治結合；至於艾斯裘洛斯所著《波斯人》則將馬拉頓的勇士融入真實生活中；但丁並非屬於職業作家，其著作的神曲是以政治詩人的身份來執筆；在一八三〇年以後，德意志出現了教條主義式的政治標榜，玩弄抽象式的修辭，這引起海涅的強烈反駁，因為藝術不能成為政治的奴隸，文學要以美麗為前提方能實行。

德意志的詩人啊！吟詩唱歌吧！
用歌聲換取德意志的自由。
讓我們的心靈往前推動，
彈奏起馬賽曲的曲調
鼓舞我們前進。

不要像維特般唉聲嘆氣，
他的心只為夏綠蒂燃燒。
警鐘為何響起
得趕快告知民眾才行。
再談匕首吧！再談劍吧！

不要再吹那虛弱的號角聲，
放棄那唱牧歌的心情
成為祖國的大喇叭吧！
成為加農砲　成為臼砲吧！
吹吧！響吧！炸吧！殺吧！

每天就吹吧！響吧！炸吧！殺吧！
一直等到逼退壓制者退位！
往前走！唱吧！
但你的詩，儘量要使
任何人都聽懂方可。

這首題目為〈傾向〉的詩，是海涅中期的作品（一八三〇年）。當然，在此不會有青年時代的戀愛抒情詩，其優婉、美麗不再有；這詩和初期的作品《詩歌集》比較，「吹吧！響吧！炸吧！殺吧！」等句，大膽地利用命令口吻，強而有力的文字躍於紙上，在第三節結尾中，對當代詩人銳利地諷刺，更是臨門一腳，第一節中開始的歌唱呈現完整而美麗的抒情，絕不遜於《詩歌集》音樂式的抒情詩。

　　海涅認為新的藝術與新的時代，一定要有強烈的共鳴，而其來源並非從褪色的過去，而是就活生生的現實中去發掘新的美麗，並把它表現出來，朝藝術創造面邁進。海涅出色的社會傾向詩，已能將自古老社會進入新社會的現實改變呈現於外。

　　至於中野重治所言，「海涅有著痛苦的臉」，是因為海涅以一個藝術家追求「美」、追求「真」的理念，對虛偽的祖國及橫行的卑鄙小人給予批評及侮辱；海涅首先以一個人的力量切斷那隸屬的鎖鍊，為那些受虐待、可憐的民眾取回真正的價值，進而追求真實。

　　海涅自處女詩集《詩歌集》出版後，很快就自覺了自己詩人的天賦。學生時代的海涅，在柏林大學時曾向作家卡爾・因馬曼說過：「因長年的不正、跋扈下的愚蠢，在與俗世戰鬥的這場神聖戰役中，如果你認為我是你的戰

友，我很願意伸出援手。總而言之，文學是一種美麗而多餘的事。」

由此可知，海涅以一個作家自居，並沒有將一切賭注於文學的純潔上，而是認為文學是至上，並希望進而建立藝術的王國。後來海涅內心抱持著──以歌德為中心的藝術時代中，屬於生活幻影的藝術逐漸受到重視，革命在文學上登場後，現實生活已躍升為最大問題──的見解，如此，自己在文學上被褒或被貶，再也不能影響其寫作方向，且寧可成為一個勇敢的士兵，參加解放人類的戰爭，而後在戰場上壯烈成仁。

海涅畢生的事業，就是發展人類珍貴的思想，並進而實現其理想。海涅打從年輕時代這觀念就已深植，一七八九年法國革命時更加確定，根本的教育體驗則是在大學時代，受到歷史教授薩特利烏斯和哲學教授黑格爾的教導而更深刻，而後再受到馬克思社會主義影響，在不斷複雜的曲折、變化中，這理念更加充實。

海涅在一八五四年《告白》法文版中曾說：
「德意志的共產主義者中，多少有秘密領導人，而其中最有能力者，是黑格爾派衍生的偉大理論家。毫無疑問的，他們有德意志人聰明的腦筋和無止盡的精力，這些革命的博士們，是德意志最有生命力的，未來就是他們的天下。」

這卅年來我一直忠實地守護在
自由戰爭決死的最前線。
我不抱任何得勝機會地戰鬥著，
做夢也不敢想能安全地回到祖國。

不管晝夜地監視著，
絲毫不敢掉以輕心，
像帳篷裡的同伴睡得那麼甜。
（只要我稍微打瞌睡，就會被男士的打呼吵醒）

我經常碰到這種夜襲——
無聊、恐怖（不知道害怕的人是低能兒）
為了趕走無聊和恐怖感
只好大聲唱著諷刺詩。

對！我一定要握著槍隨時保持警戒，
如果有可疑人物接近時
我一定會用槍瞄準對方的腹部，
射入充滿怨恨、熱烘烘的子彈。

當然，在這些可疑人物中，
也會有像我這般命中率高的人。
哦！我不敢隱瞞，我要坦白說，

我身上傷口的血正不停地流著。

雖血流不止不能擔任步哨，
但知只要我一倒下便馬上有人過來。
就算倒下，也不會放棄我的武器，
就算心臟破裂，我也不會屈服。

這是晚年的海涅，回顧自己過去一切所吟唱的〈決死的哨兵〉表露了作家的使命，也可以說是一種詩式的遺言；這並非根據詩人與自己內心對話的藝術性，但在歷史的進程中，能令人引以為榮或憤怒、痛苦或甜蜜的愛情等情況，使得人類深信能得到進步的聲音也響亮了起來。

德意志知名文學家菲力浦・威特科浦，認為分裂與憧憬就是海涅個性的發源；也就是說，海涅是個性過於激烈，但其又有無盡的憧憬，從精神分析學來說，根據自我意識強烈的欲望，這種人比他人有加倍的慾求及不滿，不斷對自己所處的環境提出怨言，進而想與之抵抗。海涅就像快樂主義者般地放恣，沈迷於馬基・貝利的幻想中，露出猙獰的面目往當時現實環境撲將過去。

海涅自認為是人類解放戰場上的士兵，他一想到要去支配民眾，被戰慄著的民眾握手後，就會趕緊去洗手；嫌惡民主主義的海涅，認為藝術式的貴族主義能引起其共

鳴，對於純樸的民間殘存的繁俗民謠，給予極高的評價，對於現實的浪漫主義，給予最後一擊，認為這是自己在文學上的使命。

海涅敵視誹謗神的唯心主義，也不贊成感謝神的唯物論，因此難免會有「海涅雖有才華，但卻無主義、無性格」的批評出現。

海涅的心情因承猶太人的血統，多元的才華和相當敏感的神經，在各種環境中表露其獨特的個人特質。大體上說來，十九世紀前半期，歐洲處於動盪不安的環境中，先是法國革命的震盪，使得德意志的社會、經濟、政治都受到極大動搖，因而產生民眾運動，但這並不代表德意志國民甦醒過來，此時海涅相當焦躁。

目睹君主制度和民主主義、猶太教和基督教的衝突、革命反動的暴風雨波濤洶湧，處於這逆轉的時代中，海涅並不像大部份的德意志作家只會孤獨地逃避，而是隨時代的進展，與國家、人民的衝突愈演愈烈，此時呈現在我們眼前的海涅，是分裂與矛盾的組合，這或許有點不可思議，但卻不容置疑。

海涅窮其一生，從剛開始便貫徹戰爭意志，永遠追隨革命精神，臨死仍盼望德意志社會主義的改革，所以海涅可說是世紀的指數，在典型的情勢下，表露出典型的詩人性格。

有關海涅的生平，有不少被神秘的面紗所籠罩，尤其

是其私生活，仍有許多不明確的地方。大致而言，海涅一生可分為兩個階段：以一八三一年為界，前半生在德意志，後半生在法國，晚年有八年時間躺在病床上，海涅描述為身在「褥墊上的墓穴」。比較而言，在德意志的生活為陰暗，而法國的生活則是乏力。

　　海涅出生於一七九七年十二月十三日、萊茵河畔的杜塞道夫，一個猶太商人的家中。有關海涅的出生，充滿神秘色彩，至今尚無確實的印證。海涅雖曾自負地說過，自己是一個出生於自由的萊茵河畔、自由的孩子，但在年少時代，因拿破崙軍隊解放了德意志的封建思想，使得革命式思想及自由主義教義，從此深植於心中，影響其一生；又因海涅是個猶太人，曾受過的有形、無形壓迫，使得海涅有著須與支配窮人的支配者戰鬥的使命；在其晚年的回憶中，有這種宿命的感想：「人生必須走的路程，在搖籃中已決定。」

　　海涅以戀愛記事踏出作家腳步，在此不必贅述過程。而成為他戀愛對象的是在他進大學前，在叔父銀行見習時遇見的堂妹愛瑪莉和泰瑞莎。在《詩歌集》詩集中，海涅用不同方式吟唱，呈現兩姊妹的容貌。

　　在這詩集中第一集〈青春的煩惱〉中也提到海涅的初吻對象，是卑賤劊子手的女兒約瑟芬，根據晚年《告白》中所言，在親吻的那一瞬間，海涅的內心燃起對漂亮女性

的愛和因不滿人民的被壓迫侮辱而展開革命的熱情。

　　海涅對法國革命的熱情，和當初對拿破崙瘋狂的尊敬，是由於有一年在杜塞道夫的家中，一個法國軍的鼓手對少年海涅鼓吹革命精神，而當時的拿破崙卻是法國革命遺言執行者，也是德意志封建思想解放者，遂使海涅著迷不已。但隨著海涅政治思想的成熟，見解已有所改變。

　　在德意志解放戰爭剛開始時，尚未成為詩人的海涅，唱著〈流鼻涕的小鬼／穿著絲料衣服走著／神氣地自認為是國民的代表／流氓讓身上的勳章閃亮著／傭兵們神氣地裝出君主的表情〉。

　　海涅目睹了德意志當時悲慘的情況，察覺到愚蠢的現實與其本質不合，而決心與德意志浪漫派詩人分道揚鑣。

　　海涅文學評論處女作《浪漫主義》，是在一八二○年波昂大學完成的，這評論與其說是文學論，不如說是用鋒利的刀刃對貴族、僧侶做強烈的攻擊。海涅在波昂哥廷根、柏林等大學時，受到叔父所羅門物質上的援助，邊研讀法律，另外也寫了許多出色的詩、隨筆、遊記等，成為德意志新進作家。

　　但從富翁叔父手中接受金錢援助，對海涅而言是難以忍受的屈辱。就算成為最受歡迎的一流作家，靠其收入想過滿足的生活，卻是不可能實現的。這個道盡政治現實的作家，在經濟上是無法自足的。被迫陷入危機的海涅，為

要生存不得不屈服於環境，甚至必須使用極羞恥的「奴隸的話」。縱然海涅有天才的腦筋，卻因為反抗性的性格，而在自我掙扎過程中，變成了毀滅型的詩人。

海涅在大學時代，文學、歷史、哲學、宗教都有涉獵，獲得許多知識，因此寫了有關德意志農民戰爭研究的書，薩特利烏斯教授教導海涅要認真於歷史的研究上，並磨鍊出觀察時代的眼光；在柏林大學時，黑格爾教授講授理論學、形而上學、宗教哲學、法哲學、自然哲學、心理學、哲學史和歷史哲學，據說當時海涅每堂都去聽，所以黑格爾對海涅可說是影響最深遠的老師。

海涅大學畢業後，成為黑格爾學派的注釋者，對於德意志的古典文學做了完整的介紹，並從黑格爾哲學背後看穿了「革命」。

海涅大學畢業後，並無固定職業，但仍繼續文筆生涯。一八二七年到英國，一八二八年到義大利旅行時，親身觀察、直接去接觸，並進而了解先進國家的社會、經濟、政治：此次的英國之行，目睹了倫敦的富翁貴族生活型式、證券交易所、議會、牢獄……擁擠的繁華街道，巷子裡的貧民窟，使得海涅對資本主義強取豪奪的罪惡了然於胸，極嫌惡在人際關係上仍屬於「現代式的中世紀」的英國，更加深了自由與平等的志願。

在義大利，尤其是北部的旅行，對海涅而言是一種催

化作用，在這裡可以看到政治與現實的矛盾，自然與藝術的光芒並非像歌德所期待的從憧憬追求新生那樣，這對海涅一心一意盼望解放人類自由的信念更加根深柢固，更努力朝目標邁進。

海涅雖對寫夢、幻想、希望的詩人不滿意，但以其本性絕無法成為現代詩政治家，就因為他曾親身經驗過貧窮的悲慘，所以自認為須秉持一個護民官的政治家這概念。

但德意志人民卻認為海涅「生存於過去和未來，沒有現在」，因此海涅辛苦奮鬥的革命春天始終沒有來臨。

當海涅身心感到疲勞時，他就會到北海的海姑蘭島去療養，當法國七月革命人民勝利的消息傳來時，他就像自己的事一般地興奮，內心湧起「我是革命的孩子」的榮譽感，下定決心再一次新的出發。

一八三一年後，海涅開始了第二人生旅途。上至大臣、下至娼妓，與法國多方面接觸，此時已受到國際作家的尊敬，享有法國政府政治庇護，並領有生活費。在巴黎生活一陣子，海涅才知實際上的七月革命和在德意志所聽見的並不一致，古老的反動政治雖被一掃而空，但新即位的路易・菲利浦，其所施行的民主主義，仍以資產階級為中心，和「人民的」民主主義相去甚遠。雖然事實如此，但德意志仍趕不上法國的進步情況。因此，海涅不斷與德意志通信，但書信受到直接、間接的檢查後，內容經常被

歪曲，甚或斷章取義。

在一八三三～三五年間，海涅為要真實地傳達德意志的文學、思想、宗教，而寫了《浪漫派》和《德意志宗教哲學史》，嚴厲批評德意志的唯心論是幻想式的社會主義，海涅的出發點都是崇高的祖國愛。

從德意志來到法國的土地後，海涅表露出道地的祖國愛，他的祖國愛是站在革命的民主主義立場，印證了一切都是為了人民，而這種愛國主義一旦和馬克思主義連結，海涅就成了革命性的詩人。

海涅在巴黎時，經濟上經常捉襟見肘，一八三五年時，德意志聯邦決議禁止印刷及公開發表海涅過去、現在及未來的著作，此時的海涅，已跌到絕望的谷底。

雖然內心掙扎，但海涅絕不願意向支配者低頭，雖然這可以使其流謫日子縮短，但他絕計不可如此。雖整個歐洲禁止他寫宗教、哲學文章，但海涅仍繼續寫著美麗的小說及故事，仍然很大膽地寫著政治評論。

在巴黎那段日子裡，不能忽視的是海涅的戀愛故事。這位詩人此時與美麗的堂妹愛瑪莉和泰瑞莎的戀情已告吹，而與一位年輕美麗的巴黎姑娘墜入情網，進而結婚。瑪蒂爾德是一個賣鞋人家的女孩，沒有讀書且又有浪費的怪癖，兩人的夫婦生活用糜爛來形容不為過，這對海涅而言是不幸的開始。憑心而論，海涅衷心愛著瑪蒂爾德，她就像隻野生的小羊，而海涅是個親切、誠實的牧童，對這

隻小羊投注最誠真的愛，這時期對海涅的一生，有著決定性的意義。

海涅人際關係的改變，是在與卡爾·馬克思交往的這一年，從德意志來到巴黎的馬克思，和十二年前的海涅一樣，同樣向虛偽、愚昧、野蠻和權力挑戰，兩人因此成為親密朋友。馬克思瞭解海涅的詩人本質，並認定他是一個為了追求人類新社會而奮鬥的同志，海涅受到馬克思的鼓舞，不停地寫著批判社會詩，吟唱革命詩，後來完成了《德國，一個冬天的童話》這部偉大的作品。

海涅在一八四三、一八四四年獲得共產主義新理念，長期籠罩在詩人式的幻想和文學上的憧憬。當這種理念鮮明地呈現在其眼前時，對於那些偏狹的現代人，用偏狹、野蠻、卑俗地解釋這思想，海涅抱以慨嘆和輕蔑，且在其長篇諷刺詩《亞達·特洛爾》中大肆嘲弄那些偽愛國者的市民。

在海涅最後八年中，被疾病纏身全身癱瘓無法下牀，那種痛苦與死去無異，雖處於絕望谷底的痛苦掙扎中，海涅仍執著於文學的使命，深信自己是一個人道主義的作家，這很明白地表露於《路迪茲亞法文版》序文中。內容大體是說，真正的人道主義才是未來基督教的福音。

這是海涅年輕時所培養出來的文學想像力，故能在遇到各種挫折，終至瀕臨死亡邊緣時，也不放棄其一貫堅持

的信念。海涅由於受到時代及所屬階級的限制，不僅去暴露且去發展其弱點，以無比的勇氣去遏阻犯罪；海涅用其個人的力量，去揭穿任何的不正直及虛偽的假說，為此雖流過血，歷經多次的失敗，但以其不知灰心是何物，不知敗北為何物的意志，而得到「永遠的年輕和充滿熱情的慧心」的稱號。

在海涅的著作中，不管打開哪一頁，都會有格言與箴言。這些格言、箴言依當時情形，以直接或暗示的手法，可說對當時的德意志影響十分深遠……

國家圖書館出版品預行編目資料

海涅站在哲學路上的詩人，林郁主編，
　　初版，新北市，新視野 New Vision，2021.03
　　面；　公分 --

　　ISBN 978-986-99649-7-5（平裝）

875.4　　　　　　　　　　　　109021175

海涅站在哲學路上的詩人

主　　編　林郁
出　　版　新視野 New Vision
製　　作　新潮社文化事業有限公司
　　　　　電話 02-8666-5711
　　　　　傳真 02-8666-5833
　　　　　E-mail：service@xcsbook.com.tw

印前作業　菩薩蠻數位文化有限公司
　　　　　東豪印刷事業有限公司
印刷作業　福霖印刷有限公司

總 經 銷　聯合發行股份有限公司
　　　　　新北市新店區寶橋路 235 巷 6 弄 6 號 2F
　　　　　電話 02-2917-8022
　　　　　傳真 02-2915-6275

初版一刷　2021 年 4 月